AF485063

PABLO: UNA VIDA, UNA MUJER, UNA OPORTUNIDAD

Arlis Milán Mosquera

EDIQUID

PABLO: UNA VIDA, UNA MUJER, UNA OPORTUNIDAD
© Arlis Milán Mosquera, 2021

Editado por: Corporación Ígneo, S.A.C.
para su sello editorial Ediquid

ISBN: 978-980-436-001-5
Depósito legal: DC2020001451

www.grupoigneo.com
Correo electrónico: contacto@grupoigneo.com
Facebook: Grupo Ígneo | Twitter: @editorialigneo | Instagram: @grupoigneo

Diseño de portada: Oriana Vargas

Colección: Nuevas voces

Pablo, el hombre que se transformó muchas veces.

Este libro va dedicado a todas las personas que aman la vida y ven en ella la única oportunidad de servir al prójimo y comprometerse con la sociedad, pero también se pensó en aquellas personas que han cometido errores y creen que ya no tendrán oportunidad en la vida. Si se analiza el caso de nuestro Pablo, podrán observar que, después de haber sido una persona que le hizo daño a la sociedad, su vida dio un giro y se encontró con una realidad jamás pensada. El libro también va dirigido a aquellos padres que consideran el presente como un todo, pues hay que decirles que «presente» era la vida ahora, y el «futuro» es cuando en la vida se ahorra y se crían hijos para servir a la sociedad. Eso hacen los padres con sabiduría y con criterio para pensar en el bien común. No basta con servir solo a los hijos, también importa servir a todo el prójimo, que está ávido de seres que tengan valores universales y que defiendan la vida de todos como la de ellos mismos. Se puede decir que los amantes de la lectura pueden encontrar en este libro un conflicto significativo y manejado en veces por el corazón y otras tantas por la mente; lo que posiblemente genere mucha controversia y preguntas sobre el bien y el mal; el premio y el castigo. Si así sucede, se ha cumplido con un propósito y se ha sembrado la inquietud que la vida no es solamente aquí; la vida también está más allá, y por eso la conservación del medio ambiente era prioridad en ese pequeño pueblo y era un tema tan sensible, pues toca sopesar entre generar dinero en contra de la naturaleza y vivir de manera con muchas comunidades o llevar una vida más austera y no hacerle tanto daño a la naturaleza.

INTRODUCCIÓN

La vida a veces nos juega limpio, pero en algunas ocasiones pensamos que nos juega una mala pasada, y no porque en sí misma ella sea mala o buena, sino porque adquirimos comportamientos y destrezas, fortalecemos nuestro pensamiento divergente o lateral y buscamos sueños a partir de lo que hacemos y la formación que nos dan en la escuela y hogar, y muchas veces la educación recibida por nuestros padres no nos ayuda a servirle a la sociedad; por el contrario, nos empuja a hacer daño y a profanar la vida de seres que eran nuestros semejantes, pero que no eran culpables de nuestra criticable crianza. Esta es la historia de Pablo, el hombre que sufre algunas transformaciones y con ellas afecta a muchos a su alrededor.

Hoy en día no es suficiente criar a los hijos con juegos, con celulares, con ciclas, con reggaetón, con televisión, con deporte o con artes, sino que también existe la necesidad de imprimirles sabiduría, conociendo a nuestros hijos, nietos, o sobrinos para saber cómo tratarlos. En algunas ocasiones, el carácter era necesario para que ellos modifiquen su pensar; sin embargo, podemos caer en la demagogia de los padres que sufren porque sus hijos no alcanzan a dimensionar lo que hacen por ellos, al punto de subvalorar todo y no darle importancia a nada, y este problema está revestido en la educación que les damos, pues hemos asumido una posición muy cómoda: darle todo a los hijos, no obstante, le brindamos menos tiempo y ejemplo para que ellos conozcan de la vida.

Muchos dicen dar tiempo de calidad, pero lo que hacen es complacer al hijo en todo y permitirle hacer lo que quiera. De esta forma, tapamos nuestra conciencia del poco tiempo que le dedicamos. Para mí, el «tiempo de calidad» no existe, sino que es un sofisma para criar niños egoístas y sin aprecio a la vida o a sus padres, solo le damos todo el dinero que más podemos representado en electrodoméstico, juegos, ropa, zapato entre otras cosas. Al pasar los años, algunos de los hijos dejan a los padres y jamás se acuerdan de ellos y, en casos muy comunes, era la justa cosecha de lo que indirectamente les han infundido: reconocer ciertas cosas como las más importantes, pero dejando atrás lo que era verdaderamente nodal, que era el formar un ser íntegro. No obstante, para esto no existe magia, pero si Dios, inteligencia, sabiduría, sentido común y el pensar en el futuro de la humanidad. No se trata de subestimarlo y considerarlo una persona con limitaciones a la que le debemos comprar todo, se trata de decirle «no» en ciertas ocasiones para que sienta que sus palabras no siempre son órdenes con lo que ellos considerarán el esfuerzo de los demás como relevante y reconocerán que muchas cosas se ganan y casi nada se regala.

Arlis Andrés Milán Mosquera

CAPÍTULO I

PABLITO, SUS TRAVESURAS Y LA MADRE CIEGA

Una finca, en Colombia, es un lugar que puede tener muchos usos. Para algunos es el sitio preciso donde viven y al mismo tiempo trabajan, e incluso estudian; para otros, es el espacio a donde van a pasar un tiempo de descanso y alejarse, de esa manera, del estrés de la ciudad y los compromisos cotidianos. Para otros, es el sitio al que únicamente van a trabajar y luego vuelven a sus hogares. Por lo tanto, esta palabra goza de muchos significados, o sea es *polisémica*, pero todos estos eventos son importantes, incluyendo aquellos que la utilizan con fines oscuros, como para esconderse o mantener personas secuestradas allá. En Colombia, y en muchos lugares en Sudamérica, una finca es definitivamente un lugar especial, y eso era lo que significaba este lugar para Gabriela, Hernán Rodolfo, Pablo y Guadalupe, una familia de clase media-baja que vivió a comienzos de los años noventa, con todo lo que conllevó esta época para esa parte del continente americano y para este país suramericano.

Pablo, quien era el benjamín de la familia, había heredado los rasgos físicos del padre, o sea, era alto y de ojos cafés, que estaban un poco rayados por unas líneas semitransparentes (que dejaban perplejo a todo quien lo mirase), pero que no le impedían ver con gran claridad. No obstante, heredó, en su totalidad, el carácter protector y generoso de su mamá. En cambio, su hermana, Guadalupe, era bastante simpática. Tenía un hermoso cabello y no era muy alta, solo medía un metro sesenta y nueve. También tenía una nariz que parecía operada por el mejor cirujano plástico del mundo: era perfecta. Ambos eran el corazón y la razón de ser de Hernán, quien era un poco alto (su estatura era de un metro setenta y seis), y cuya manera de ser era considerada como la de una persona tranquila. Le gustaba hacer amigos, vivir cómodo y aprender en todo momento; era un amante de la vida y de la tranquilidad, le gustaban los pueblos dóciles y callados. Finalmente, Gabriela era tierna, de ojos muy llamativos y una sonrisa envidiable, casi mandada a hacer por un ángel.

Gabriela y Hernán eran los dirigentes de este hogar. En cuanto a la relación en la casa, Guadalupe, como la mayoría de las niñas, era atenta, dedicada, sensible, generosa, y responsable con su estudio, y siempre estaba pendiente de sus padres, a pesar de tener solo doce años.

Guadalupe llevaba una gran responsabilidad en su hogar y era ella la que hacía girar la casa para todos los lados posibles, pues no solamente colaboraba con la cocina, sino que estaba en la finca, ayudaba a su hermano y atendía su estudio. Todo esto porque era la primogénita. Sus padres debían realizar muchos trabajos para conseguir el diario vivir, ya que las condiciones económicas eran muy reducidas. A diferencia de Guadalupe, Pablo solo tenía seis años, y desde que estaba en su vientre demostró ser déspota: su mamá contaba que él le daba puntapiés, y que, pese a que ella lo regañaba, él le daba más golpes a su estómago, como si quisiera llevarle la contraria. Pero a Gabriela estas acciones le parecían graciosas y llenas de vida, lo justificaba diciendo que su hijo estaba creciendo sano y que debía moverse mucho en el vientre para que naciera fuerte y sin enfermedades.

Todos en la finca tenían un rol asignado para poder sobrevivir, sin embargo, como Pablo era el menor, solo debía esperar para comer y jugar, lo que no le parecía correcto a su hermana, pero no podía decir nada, porque nadie podía declarar alguna palabra en contra del «bebé Pablito», como le llamaba su madre.

Por lo tanto, Guadalupe cuidaba de sus padres, lavaba la ropa, sembraba con su padre (cada mes un producto diferente) y preparaba el desayuno, que Pablito, en su inocencia y pronta soberbia, tiraba para que ella le diese más alimento y que, de paso, la regañaran por no hacer las cosas bien y no atender a su hermano «como se debía». Eso decía su mamá, y lo mismo pensaban Pablo y don Hernán.

Los progenitores de estos dos niños estaban ciegos respecto a Pablo, y no veían lo que este hacía. «Como dice el dicho, "no hay peor ciego que el que no quiere ver"», comentaba Guadalupe, para sí, con un alto grado de preocupación. Ella veía más allá del presente, ella, por su inteligencia, parecía una mujer mucho mayor, pero se quedaba tranquila. Todo lo que hiciera Pablo, fuese bueno o malo, era una bendición para sus padres, pero no para Guadalupe, que ya sentía el dolor y el cansancio de ser la hermana mayor y de asumir más responsabilidad de la que debía una niña a su edad, y todo por la injusticia desenfrenada de sus padres en favor de su hermano.

Cierto día, Guadalupe vio cómo su hermano de solo seis años y ocho meses destruía lo que había cosechado y asumía una posición de tranquilidad sin notar el daño que hacía. La hermana mayor comentó a su mamá esa situación, pero se llevó una nueva y mala sorpresa cuando Gabriela, en vez de obrar con equidad y disciplina, la regañó una vez más, y le dijo que Pablito era solo un bebé y que no le pusiera más quejas de su niño hermoso. Él, en su «inocencia» macabra y severa, se reía. Pablito era terrible. El papá defendía de vez en cuando a su hija mayor, era lo mínimo que podía hacer frente a una madre autoritaria con su hija, cegada por el amor a su hijo y llena de prejuicios en contra de ella por el hecho de ser mujer, pues consideraba que ella debía hacer todo y mucho más, y que Pablo, por ser hombre, no debía asumir roles que no le competían a un niño.

Pablito creció hasta cumplir los doce años, y su hermana, que ya tenía dieciocho, seguía haciendo todo por él. Ella, a pesar de todo, lo amaba. A esa edad, Pablito era un «bueno para lo malo y malo para lo bueno», porque no lo dejaban hacer nada, excepto que su hermana le enseñara algunas lecciones escolares, porque donde vivían era un lugar alejado de cualquier centro educativo. Por lo tanto, la finca se convertía en su escuela y sitio de diversión, pues, aunque no tenían mucho dinero, sí era muy grande. La escuela más cercana había sido abandonada hacía ya tres años, la habían destruido unos grupos ilegales que sembraron terror y muchas minas antipersonales. Por esta razón, Guadalupe llegó a estudiar hasta quinto de primaria, y como era una niña inteligente, aprendía mucho y muy rápido, de manera autónoma y con la ayuda de sus padres, que sabían que la única opción era estudiar en casa y dar las lecciones a su hija como si estudiara en una escuela, con horarios para algunas asignaturas, como matemáticas, sociales, ciencias naturales, religión, ética y castellano. Adicionalmente, Guadalupe amaba la lectura, situación que facilitaba el aprendizaje. Su inteligencia se había despertado por el amor a las letras.

Guadalupe se soñaba con ser una escritora de cuentos o una abogada. Por ello, cada vez que su madre iba a la ciudad, le encargaba cuentos o libros que tuvieran que ver con el derecho penal y laboral. También contaba con unos libros que le había dado una maestra porque veía en ella una estudiante diferente, y eran, específicamente, cuentos infantiles de niñas, princesas y hadas madrinas; la mayoría fábulas de Esopo, las cuales le dejaban moralejas que le permitían tener más paciencia con su hermano y comprensión hacia sus padres.

Todo esto hacía de ella una niña avanzada en el estudio y con dotes de profesora por vocación. Por esta razón, ella le daba lecciones a su hermano, para que aprendiera de todo, pero también le decía el valor de la honestidad, y le promulgaba que no podía robar ni hacer ninguna cosa que atentara contra la vida y honra de alguien en el planeta. Pablito, cuando no estaba aprendiendo, se dedicaba a jugar. Jugar no era del todo malo, un señor llamado Piaget hablaba de la importancia del juego en el niño, y afirmaba que ellos aprendían a conocer del mundo, tener regla y asumir el mundo con responsabilidad por medio del juego. Todo lo que decía ese señor estaba bien, lo malo era que Pablo abusaba del juego y no asumía ninguna responsabilidad en su hogar y con su estudio.

Como Pablito tenía tanto tiempo libre y sus padres lo protegían demasiado, un mal día se fue a una finca ajena y dio veneno a dos caballos y a una vaca. Los vecinos lo vieron y de inmediato fueron a quejarse con sus padres, pero cuando llegaron se encontraron con la madre de este niño, quien consideró lo que decían de su hijo como una calumnia: él era solo un niño tierno que lo único que hacía era jugar y estudiar. Ellos quedaron estupefactos ante la defensa de Gabriela en favor del hijo. Los vecinos, para evitar generar más problemas, no hicieron algo al respecto, pero lo vigilaban y le advirtieron que no volviera a pasar por allá, cerca de sus previos, porque ya no pondrían querellas, pues era insulso con padres, tan ciegos y con poca educación a su hijo. Finalmente, le dijeron a Gabriela:

—La educación comienza en casa, con los valores, señora —y se fueron.

Todo transcurría en completa calma. Sin embargo, un buen día Guadalupe le dijo a la mamá que le prestara mucha atención al niño, porque ya no hacía tareas y había abandonado las lecturas, y añadió:

—Cuando lo llamo a estudiar, él pregunta para qué estudiar si seguiremos en una finca donde moriremos de viejitos y pobres, y dice que el estudio poco importa, que lo que quiere es hacer bastante dinero, eso responde él.

Cuando Guadalupe le contó a su mamá, a ella no le gustó nada. La regañó y la castigó. Y agregó:

—Con mi hijo nadie se mete, no se lo toca ni se dice nada malo de mi angelito.

Guadalupe solo escuchaba. Sufría por dentro, y sentía los golpes y rasguños causados por Pablo. Se preguntaba por qué su mamá era tan injusta, pero no le dijo nada más. Otro día vio a Pablito robando el poco dinero que tenían para comprar alimentos, luego irse a comprar mecatos. Como tenía bastante tiempo libre, podía ir y venir cuantas veces quisiera a la tienda, que quedaba a tres kilómetros de la finca, mientras el resto de la familia sufría por la escasez y Guadalupe trabajaba y estudiaba sin parar.

CAPÍTULO II

La huida de Guadalupe

Don Hernán llamó a su esposa y le dijo:

—Falta un dinero; sin ese dinero no podemos comprar comida para subsistir estos días. No hay alimento para los animales, tampoco para los abonos de las plantas.

La madre, sin pensarlo, afirmó:

—Fue Guadalupe.

La dejaron castigada, sin comer, tres días. La niña comenzó a llorar, enseguida, por tal vituperio e injusticia. Se sentía muy mal física y psicológicamente por el abuso de su madre, y sentía que la resignación y esperanza de cambio era poca.

Ella, que ya tenía edad para defenderse sola, pensaba para sí: «Debo marcharme, porque mis padres no me quieren y alejándome de ellos puedo ser feliz, ellos pueden serlo sin mí». Completó su pensamiento diciendo: «hoy mismo me voy». Así que empezó a organizar algo de ropa y a dejar la casa organizada, para que cuando llegaran encontraran todo en orden.

En este pueblo, el transporte intermunicipal no pasaba todos los días, pero cuando lo hacía debía hacer un recorrido desde la mañana hasta la tarde. Ese lugar era como el típico pueblo, con muchas fincas a los alrededores, y donde la iglesia católica, el parque y algunos sitios de diversión para adultos quedaban en el centro de él. Esto hacía que en cada finca el bus tomara su tiempo para salir, e hiciera una parada de mucho tiempo en el centro del pueblo.

Guadalupe estaba esperando a que llegara al frente de su casa, esa era una de las paradas, y de allí arrancaba a la salida del pueblo, donde hacía la última. Este transporte era viejo y casi sin pintura, y sonaba tan feo que no tenía necesidad de pitar para avisar que había llegado o que estaba cerca, ya que su ruido lo delataba. Ello no era molesto, porque causaba felicidad para el que llegaba o se iba. También causaba muchas lágrimas de esperanzas, lágrimas dulces en sus habitantes del pueblo.

Cuando el bus ya estaba muy cerca de la casa de la familia Guzmán Victoria, la familia de Guadalupe, la niña se asustó y lloró desconsolada, pues, a pesar de todo, ellos eran su familia. El ruido ensordecedor del bus la sorprendió y la puso a meditar. No obstante, no sucumbió a su pesar.

Su vida, en ese momento, era una antítesis, no solamente porque lloraba por abandonar a sus padres y a su hermano, situación que la hacía sentir como si hubiera fracasado, sino porque también quería salir de ahí y buscar un futuro como profesional y cumplir los sueños que se había planeado desde el inicio de su vida: el ser diferente, y en ese pueblo jamás lo conseguiría.

Cuando el bus se aproximaba a una distancia importante, ella pensó «mientras da la vuelta y recoge a todos los viajeros, tengo tiempo de tomar algo más de ropa, pues esa ciudad es muy fría. Debo llegar a Bogotá a encontrar un futuro, y, al menos, debo vestir bien y no gastar dinero comprando ropa nueva. El dinero que tengo me alcanza para alimentarme y para unos meses de arriendo». Hizo lo que pensó: tomó las prendas que había olvidado, y, así, llevó vestimenta para toda ocasión. Tomó también algo de comida, y un solo par de zapatos. Se acordó de que, desde hacía tres años, llevaba una alcancía para comprar un regalo sorpresa a sus padres, pero consideró que ese era el mejor momento de darles una lección y buscar un norte en la ciudad más cercana, que ofrecía más oportunidades de triunfar. Sabía que era una lotería: iría a un sitio en el que no conocía a nadie y donde el clima era inclemente, pero prefería eso a seguir padeciendo la humillación de sus padres y la mala educación que su madre brindaba, especialmente, a su hermano. Ella tenía el presentimiento de que este causaría muchos problemas cuando fuera un adulto, y que los padres, de alguna manera, se arrepentirían. Después de meditar todo esto, observó que Hernán y Gabriela no estaban, que Pablito se había ido y que el bus venía ya muy cerca. Se subió, no dijo palabra alguna a las personas que la conocían, y ellos tampoco le preguntaron. Solo murmuraban:

—¡Es la hermana de ese Pablito! ¡Se subió para no regresar!

Guadalupe se fue con poco dinero, y llevó consigo otros tres pares de zapatos, que ya estaban desgastados.

En las horas de la tarde, los padres de Guadalupe cuando salieron del trabajo y regresaron cansados, notaron la ausencia de Guadalupe. La llamaron, pero no respondió. Fueron a su alcoba y se dieron cuenta que su alcancía y parte de su ropa no estaban ahí. De inmediato se percataron que se había escapado.

Los padres, más que tristes, se enojaron mucho, pero no les importó, pues Pablo la reemplazaría fácilmente. Eso pensaba don Hernán.

Gabriela, sin embargo, sintió un dolor en el corazón. Hernán se mantuvo en silencio por muchos días, a pesar de haber pensado que ella no importaba en su casa y en su corazón. Ella era su niña y la que le ayudaba, pero, comparada con Pablo, eran poco los sentimientos negativos que podría causar la ausencia de Guadalupe; confesaba Hernán Rodolfo en su corazón y mente.

El tiempo pasó entre dolores, angustias y una pequeña sensación de ausencia por Guadalupe. Pablito cumplió quince años y Gabriela lo dejaba hacer lo que él quisiera, tanto así, que era conocido en el pueblo como «Pablito el malito». Cuando los niños educados salían, lo dejaban pasar y se alejaban de él por orden de sus padres; en cambio, los niños bárbaros, sin educación y sin valores lo llamaban para que él robara y se burlara de las personas de su pueblo y de los forasteros, y eran felices cuando lo rodeaban en círculo para que contara sus travesuras.

Gabriela sabía de los malos pasos de su hijo, pero se enceguecía una vez más, y la realidad, desde su corazón, no era nada comparada con lo que sucedía. Nunca hacía caso de las quejas en contra de él. Pablito comenzó a llegar con mucho dinero a la casa, y ellos le decían que siguiera así y que los sacara de la pobreza. Esto le dio alas a Pablo para seguir robando, e incluso llegó a secuestrar, con tal de obtener dinero. Él sabía cómo hacer sus cosas, así que jamás lo capturaban.

—Sus amigos casi siempre caen, pero él es muy hábil y suele salirse con la suya —comentaba Eulides, un señor que sabía de los malos pasos de Pablo, pero que no se atrevía a denunciar, ya que hacerlo ponía su vida en peligro; hay que reconocer que Eulides era un viejo sabio y experimentado en la vida

Le iba muy bien en su negocio ilícito, tanto así, que compró casas para Hernán y Gabriela, y también compró ganado. Ellos no se atrevían a preguntarle nada, porque consideraban que él trabajaba, y el amor por su hijo no los dejaba pensar ni ver la realidad. Claro que este surgir de dinero trajo para él muchas novias, las más bonitas de la región, y otras que lo pretendían. A muchas mujeres les atraen los chicos malos y vagos. ¡Qué cosas!, ¿no?

Todo seguía así hasta que llegó Simón, un granjero con mucho dinero que compró muchas fincas y mucho ganado en aquella región de los Llanos Colombianos, se dio cuenta que estaban robando, secuestrando y extorsionando, además, que nadie podía decir nada, pues Pablo ya tenía su banda. Este granjero tenía treinta escoltas y mucho dinero, decidió, entonces, averiguar en secreto toda esa delincuencia. Observó que Pablo era el hombre más pernicioso del pueblo y de otras poblaciones, aún dejó que siguiera actuando para estudiarlo, tener argumentos y frenarlo en seco en el momento justo.

Todo esto sucedía en una pequeña región del sur oriente del país, y la presencia del Estado era estéril, o casi nula, lo que permitía que la delincuencia tomara posesión a cualquier precio, de lo que no le pertenecía. Al pasar el tiempo, la violencia seguía creciendo, lo que hizo que muchos labriegos dejaran sus tierras y se fueran a mendigar, sufriendo la inclemencia de la ciudad, porque Pablo y su banda los extorsionaban. Preferían desplazarse antes que encontrar la muerte o seguir trabajando para un malhechor y sus secuaces. Estos campesinos eran personas honradas y valientes, pero, sobre todo, amaban la vida más que a las posesiones, por eso algunos de ellos decidieron partir, dejando tierra y esperanza. Como decía Eulides, «nada mejor que la vida, en la que todo se consigue. Esta, cuando se va, nunca regresa».

Mientras tanto, Pablo, para mantener limpia su conciencia, ayudaba a treinta abuelitos con alimentación, les cubría otros gastos, como paseos, fiestas, banquetes; en un pueblo tan pobre, solo podía hacer eso un hombre con mucho dinero fácil y mal habido, o sea Pablo, el desalmado. Pablito estaba convencido que «el que peca y reza, empata», ese era su decir. Él pensaba que la generosidad lo salvaría de ser un perseguido y pagar sus crímenes, pero estaba lejos de la realidad, ya que sus actos eran cada vez más y más rechazados por la comunidad. Ese lugar ni siquiera tenía fuerza pública cerca (la más cercana quedaba a ciento noventa kilómetros), y, adicionalmente, para que la policía llegara a algún llamado de emergencia, esta debía navegar por loa ríos Meta, Orinoco o Beta, ya que no había vías terrestres, y tampoco una pista áerea para el aterrizaje de aviones. Incluso, era más fácil que llegara ayuda de Venezuela. Por esta razón, Pablo seguía cometiendo cualquier clase de delito sin ser atrapado.

Un día cualquiera, Pablo y su banda robaron un carro de alimento que era transportado por cuatro caballos. Esta mercancía era para Simón, quien se enfureció y mandó a buscar a la tropa de Pablo, matándolos a todos. Sin embargo, Pablito logró escapar y fue a dar a la misma ciudad, precisamente, a la que había huido su hermana. Lo anecdótico aquí era que Pablo no tenía idea de dónde se encontraba ella, no obstante, por cosas de la vida que se llevan en el ADN, y que no se alcanzan a explicar, llegó justamente al lugar donde esta vivía, en un barrio humilde de Bogotá.

Pablo se imaginaba que su hermana podría haber ido a la ciudad de mayor progreso, y después de tres días de tratar de localizarla y preguntar a algunas personas a las que, paradójicamente, él había obligado a desalojar su tierra (como se dijo, eran personas sin rencores, y, además, le temían), se enteró de dónde, posiblemente, estaría ella.

Una semana después de la angustia que vivió en su pueblo, de ver morir a sus amigos y del viaje de varios días hasta Bogotá, Pablo encontró a su hermana. Ella quedó con la boca abierta al verlo: se dio cuenta que había crecido mucho más de lo que se podría imaginar. Guadalupe, quien vivía bien, pero sin riqueza, pero honrada, como la criaron sus padres, le brindó hospedaje. Pasó dos noches, y, sin ningún pudor, Pablo, en la última madrugada que pasó allí, se llevó todo lo que tuviese valor. Guadalupe llamó a sus padres y ellos se enfurecieron, pero contra ella, como solía suceder. Le dijeron que ella los había abandonado y que su único hijo era Pablo, y adicionaron:

—Nos compró casas y tenemos muchos bienes, ¡esa es la vida que nos da nuestro hijo! ¡Esa es la vida que nos merecemos! En cambio, tú vives mal, y lo sabemos porque muchos vecinos que han ido a la ciudad nos han contado. Así que sufre por ser una niña tonta, ingrata y con ideales vanos —y le colgaron el teléfono.

Guadalupe cayó en llanto al ver que sus padres no dimensionaban el hijo que habían criado.

Mientras tanto, en el mismo pueblo, Simón no dejó las cosas así, se fue a buscar a los padres de Pablo. Este nuevo granjero tenía tanta rabia contra Pablo que fue a buscarlo a su casa. Simón llegó a hablar con ellos de buena manera, pero, como era de esperarse, Gabriela y Hernán solo lo insultaron. Los escoltas pensaron que estos agredían a su patrón, y los desaparecieron, pero dejaron dos de sus trabajadores allí, tendidos, muertos. Hernán Rodolfo y Gabriela, aparentemente, murieron y los botaron al río; era lo que se decían en el pueblo. No obstante, esto no se pudo confirmar, porque no los hallaron.

Ahora no se sabía nada de los padres que jamás supieron de educación y que carecían de inteligencia y sentido de responsabilidad para criar a sus hijos, pero lo más seguro era que hubiesen dejado de existir. Su hijo y Guadalupe estaban en mundos diferentes.

CAPÍTULO III

LA VENGANZA DE PABLITO

Tiempo después, Pablo recibió la noticia. Sintió mucho dolor por la muerte de sus padres, y por saber que fueron asesinados de una manera tan despiadada por su culpa. Todo ese acontecimiento le hizo sentir que ya nada en este mundo era importante, y que las personas ya no valían nada. Se creó en él un odio que lo hizo ser una persona más maligna y execrable.

Al darse cuenta de que lo buscaban, Pablito volvió al pueblo encubierto, para evitar que lo descubrieran. Además, vendió todas las tierras de sus padres. Como sabía que no podía ir allá, se consiguió unos amigos: los dueños del hogar geriátrico donde estaban las únicas personas que lo extrañaban, ya que extrañaban su ayuda. Pablo fue con ellos y les dijo que necesitaba vender los terrenos que antes eran de sus padres. Estos adultos mayores, quienes habían sido granjeros, le ayudaron a conseguir compradores, y Pablo, en agradecimiento, les dio un porcentaje. El dinero que les regaló fue tanto que podría servir para alimentar a los treinta adultos por catorce meses, y les quedaba para pagar otras necesidades básicas que tenían.

Era un pueblo pobre, con pocas personas, pero con muchos ancianos desamparados, y este era un fenómeno muy común allá, porque los muchachos, cuando crecían, querían cambiar de vida y tener un futuro prometedor, lo que causaba que los padres se quedaran desamparados mientras sus hijos y nietos se iban a las principales ciudades para buscar nuevos horizontes.

Los adultos mayores y los dueños del hogar quedaron muy contentos y lo bendijeron, aunque ellos eran conscientes de las actividades ilegales de Pablo. Sin embargo, la pobreza era tan alta que no importaba de dónde viniera el dinero, así pensaba la directora del centro. Y agregó, viendo a los ancianos:

—Antes que Pablo les diera ayuda, solo se comía una vez al día, por eso espero que cambie y que lo justo y bueno que ha hecho por nosotros sea el principio de comenzar a mostrar que en su corazón hay bondad, mucha bondad; que su vida cambie y encuentra personas que lo hagan darle un viro de 180 grados a su vida.

Todos deseaban lo mejor para Pablo, y decían en voz baja:

—Que Dios se apiade de él y que algún día cambie de vida, porque en el fondo es generoso, y, quien es así, tiene virtud. Lo importante es que no quede tapada por lo superficial de su mente y corazón.

La vida de Pablo continuaba sin rumbo, sin norte, sin esperanza. Le dieron más dinero por la venta de las propiedades de sus padres, y prometió que lo invertiría todo en vengar la muerte de sus padres.

Lo primero que hizo fue buscar a su hermana para regresarle lo que le había robado, y así lo hizo. Esto era de suponer, pues no tenía más familiares y poseía demasiado dinero. Al parecer, nuestro Pablo ya había tenido dos actos diferentes a delinquir: había ido a devolver el dinero robado a su único familiar cercano, y también se había comportado como todo un rey generoso con los ancianos. En el fondo se observaba alguien confundido.

Un día después, tocaron a la puerta, y Guadalupe preguntó:

—¿Quién?

Pablo le respondió:

—Tu único familiar, tu hermano.

Ella, entre llanto, miedo, pánico y alegría le abrió la puerta y lo saludó. Guadalupe ya había olvidado el robo que su hermano le había hecho, pero este pensaba que su hermana jamás lo olvidaría. Lo invitó a pasar y le preguntó cómo estaba, a lo que este respondió:

—¿Sabías que asesinaron a nuestros padres? —ella se quedó callada, no murmuró absolutamente nada, y al rato se fue en llanto.

—Ya lo había escuchado, pero como no hallaron los cuerpos, no asistí. No hubo velación, ni entierro, y, Pablo, ahora solo confirmas la pérdida.

No lo podía creer, pero Pablo cambió la versión y le dijo que era porque vivían muy bien, y que la envidia de la gente había causado el dolor y muerte a sus padres, pero que eso no iba a quedar impune.

Guadalupe, a pesar de conocer las malas actuaciones de su hermano, aparentó que le creía que esa era la razón por la cual sus padres estaban muertos. Él le pidió que le permitiera quedarse allí por unos días, diciendo que no se preocupara, que él pagaría todo. Guadalupe que ya había olvidado lo del robo, y estaba estudiando con el dinero que ganaba vendiendo, que era poco. Así, accedió a sus pretensiones, y Pablo le dio mucho dinero, diciendo que le devolvía todo lo que le había robado, y que le regalaba diez veces más.

Al día siguiente, Pablo le preguntó qué hacía exactamente. Guadalupe le dijo que vendía dulces en la calle, y que con eso estaba pagando su carrera de derecho, y también su arriendo. Dijo que no era mucho lo que conseguía con la venta, ya que en ocasiones no le alcanzaba el dinero, y que muchas veces le tocaba escoger entre comer, ir a trabajar o ir a estudiar. Pablo le dijo:

—Usted no cambia, ¡deje de sufrir tanto! La vida es muy corta como para gastar parte de ella viviendo con alto sufrimiento —y prosiguió—. Dedíquese a otras cosas y disfrute la vida.

A lo que ella le respondió:

—Mira, al contrario: yo disfruto, porque amo ese trabajo, y me permite tener dinero. Además, adoro mi estudio, y eso, para mí, es vida —añadió—. Así como tu disfrutas de otras vanidades, mi vida está representada en alcanzar mis sueños, y si tengo que sacrificarme muchos años, lo haré, pero con paso firme, no con caminos torcidos.

Pablo le pidió que se fuera con él, porque le tenía unos planes que le darían mucho dinero, y ella le respondió:

—No, Pablo. Tus palabras me causan enojo —su hermano, a pesar de las palabras de ella, le dio algún dinero. Guadalupe se quedó contenta, pues ese dinero era suficiente para no trabajar durante seis meses. No obstante, siguió trabajando muy duro.

Al día siguiente, Pablo le pidió un favor: que preguntara en la universidad si alguien le podría hacer un cambio facial, que él pagaba lo que fuera. Ella le dijo que lo intentaría, ya que tenía una amiga que podría ayudar en ese sentido.

En la noche, ya en la universidad, Guadalupe le preguntó a su mejor amiga, quien le dijo que tenía un conocido al que le gustaba hacer ese tipo de trabajos, pero que era una persona deshonesta y engañaba a mucha gente. Guadalupe dijo:

—Asumo el riesgo, mi hermano necesita un cambio urgente, es por su vida.

Se hicieron los contactos y Guadalupe, al no tener más opción, se lo presentó a su hermano. Este médico habló con Guadalupe y la chantajeó, diciendo que quería estar con ella, y que, si no lo hacía, después de hacerle el cambio a su hermano, lo denunciaría ante las autoridades. Guadalupe le respondió:

—Haga cualquier cosa conmigo, pero no denuncie a mi hermano, por favor —lo decía llorando y con mucha rabia.

Al otro día, Pablo la notó muy rara. Le preguntó:

—¿Te pasa algo?

—No me pasa nada —dijo, y añadió—: el cirujano está esperando en su habitación para comenzar el procedimiento.

A él le extrañó que el médico estuviera allá, pero, de cualquier modo, habló con él. El médico le cobró más de la cuenta, y Pablito, como tenía dinero, se lo dio; además, porque prometió que el rostro le quedaría simpático y totalmente diferente. Le dijo que haría la cirugía en un lugar exclusivo y con mucha precaución, donde no habría ningún riesgo de error o de poner su vida en peligro.

Pablo asistió, y ¡qué sorpresa se llevó al saber que era una habitación sin ninguna medida higiénica o algo parecido a una clínica! Pablo tuvo que seguir con el plan, ya no tenía alternativa; ni el tiempo, ni el dinero para acudir adonde otro cirujano que le brindara más garantía para este tipo de actividad.

Comenzó la operación, Pablo escuchaba que el médico discutía con una asistente. Esta le gritaba que no iría a trabajar porque él no le pagaba, y que la había obligado a estar con él, mintiéndole y prometiéndole un mejor trabajo. Pablo se preocupó, pero no hizo nada, pues su vida estaba en las manos de este galeno. Cuatro horas después, Pablo era otra persona, y cuando se vio al espejo observó un ser despreciable y feo, un monstruo de cara descomunal y horrible, era todo un esperpento, las cejas cambiaron de posición y su nariz tomó forma como un costal pegado a la cara. Pablo se enfureció. El médico le dijo que las personas que le ayudaban no habían querido ir a trabajar, y que, además, con el dinero que le dio no se podría hacer más. El hermano de Guadalupe le dijo:

—Pero te pagué más de lo que me pediste, y me cobraste mucho dinero. ¡Mira cómo me dejaste! ¡Esto es un desastre!, ¿acaso no eres médico especialista en cirugía estética?

El galeno respondió con otra pregunta:

—¿Acaso dudas de mi integridad y profesionalismo? Yo soy uno de los mejores médicos del país, hago de los pacientes mejores seres y prolongo su vida. Soy como un dios para los necesitados —este médico era un arrogante. Hay que decir que en esa ciudad los médicos buenos tenían ese pensamiento de semidioses, y les gustaba que les rindieran pleitesía.

Pablo, que todavía estaba dolorido, se fue a su casa y encontró a su hermana llorando. Esta, al ver a su hermano, gritó más fuerte. Solo sabía que era Pablo por la ropa, ya que su cara estaba transformada. Pablito se miró de nuevo en el espejo y se dio cuenta que era todo un esperpento de hombre, con esa cara solo espantaría a las mujeres, ya no lo buscarían más por su belleza y galantería. Ahora Pablito dejaría de ser el más buscado por las chicas, pero sí por las autoridades, y pasaría ser el más aborrecido por las mujeres, cosa que le dolía en el alma.

En eso, al percatarse que todo había salido mal, pensó que tendría una ventaja: que sería más villano y menos reconocido, y que cuando tuviera dinero recuperaría su cara por otra mejor. Pero, al estar pensando esto, escuchó que su hermana hablaba con una amiga, y le decía:

—Amiga, el cirujano me engañó y me forzó a acostarme con él.

Su amiga se entristeció y le dijo:

—A mí me pasó algo peor —y prosiguió—: no me dio el trabajo y tampoco me pagó lo que prometió. Cuando era su asistente, tampoco me daba dinero. El día de la cirugía de tu hermano no fueron los demás médicos y auxiliares, por su irresponsabilidad y falta de seriedad. Yo pensé que él no la haría, pero estaba engañada. Nunca imaginé que fuera un señor sin escrúpulos, que faltara a la ética, y que el juramento hipocrático se esfumara tan rápido. Así que decidió hacerla solo con mi pequeña ayuda. Él sabía que hacer así esta cirugía era un riesgo, y la probabilidad de que fallara era de 80 %. Sin embargo, procedió —y agregó, con una pregunta final y definitiva para la situación—: Me imagino que tu hermano quedó horrible.

Guadalupe le dijo que había quedado como un monstruo, y que su hermano no alcanzaba a dimensionar la cara tan fea que le puso, agregando:

—Me obligó a acostarme con él, porque, si no lo hacía, denunciaría a mi hermano ante las autoridades. Yo, por amor a mi hermano, no tuve más remedio que acceder a sus pretensiones, con desprecio y dolor.

La amiga le dijo:

—Lo siento, las dos hemos sido víctimas de un sociópata y psicópata —y se despidió de Guadalupe entre llanto y lágrimas.

Pablo, que escuchaba sin querer la conversación, se enfureció y decidió buscar al médico. Después de caminar a la universidad donde lo podría encontrar, lo halló sentado en su oficina y lo llamó para hablar afuera. Este, muy cínico, le preguntó quién era, a lo que Pablo sacó un arma y lo mató, delante de todas las personas que estaban en ese lugar. Huyó en una moto veloz que había comprado. Eso sí, no volvió a visitar a su hermana.

La gente se escandalizó por ese homicidio, pero una dama exclamó:

—Este médico había violado a muchas niñas, y nunca lo habían denunciado. A mi hija le pasó. Él era una persona perversa.

Pablo, a los días, llamó a su hermana, le dijo que ya el médico había pagado todo, y colgó. No quiso decir para dónde iba, para que, cuando le preguntaran, dijese la verdad: «no sé nada de mi hermano».

Pablo se fue a su pueblo y preguntó a una señora que estaba beoda sobre quién había matado a sus padres. Esta también le dijo que ese señor era perverso, el nuevo granjero llamado Simón, y que el pueblo le temía, que él se creía la justicia, y que mataba, estafaba, y violaba a las niñas sin que nadie se pudiese meter con él. Como no sabía con quién hablaba, dijo:

—¡Esta persona es peor que Pablito! —este se aterró, pero le gustó el comentario, pues quería decir que no lo había reconocido.

Al otro día, fue a visitar a don Simón, proponiéndole hacer negocios. Simón le respondió que se alejara, que él ya tenía sus negocios hechos. Pablo sabía que no era momento de actuar, no obstante, antes de hacer cualquier cosa, venía un señor con muchas lágrimas, quien imploró compasión a Simón. Este lo rechazó, siendo muy duro con una persona que solo pedía que lo dejara trabajar y alimentar a su familia. Simón lo golpeó. Ese día, como Pablo le inspiraba confianza, andaba sin guardaespaldas. Por esa razón, estos estaban descuidados. Pablo parecía solo un ser monstruoso, pero no un asesino, y no trató de hacer nada indebido.

Pablo le dijo:

—¿Usted conoció a Hernán Rodolfo y a Gabriela?

Y Simón le respondió:

—Ellos tenían que morirse por haber criado un hijo delincuente.

Y Pablo le dijo:

—Yo soy Pablo.

Simón se aterró y sacó su arma, pero Pablo atinó primero y lo mató. Le dijo al señor que antes había llegado allí pidiendo clemencia que tomara todo lo que le pertenecía y que no dijera quien había hecho eso.

El señor obedeció y tomó todo el dinero que Simón le había robado. Llegó a su casa sonriente y compró mucha alimentación para sus cuatro hijos; los más felices fueron Andrés y Keith los menores, pues solían comer demasiado y al ver ese dinero y comida sus ojos brillaron de alegría.

CAPÍTULO IV

UNA VIDA DE AMORES Y ODIOS

Pablito se sentía feliz de saber que había defendido la honra de su hermana. Se sentía aún más feliz de saber que había vengado la muerte de sus padres y que le había dado la oportunidad a una persona de volver a su casa con dinero, para que nadie volviera a atropellarlo con improperios. Todo esto lo indujo a pensar, por unos segundos, en la posibilidad de quedarse allí con su nueva identidad, y de verdad que le sonreía a su nuevo plan. Así que decidió habitar de nuevo en su pueblo, pero con una nueva identidad, sin amigos, sin padres y sin su hermana. Como Pablito era *malito* y los sentimientos le importaban poco, solo pensaba en la manera de triunfar allí.

Apenas asesinó a Simón, se escondió, y encadenó al primer guardaespaldas que llegó. Seguidamente, aparecieron otros tres, a quienes engañó y encadenó también. Otros dos llegaron una hora después, y Pablo los sometió. Siendo así, todos pedían compasión y preguntaban por su jefe. Pablo les dijo «mírenlo». Los guardaespaldas se aterraron, y Pablo propuso, dirigiéndose a cuatro de ellos:

—Trabajen conmigo, díganme cuáles son los negocios de su patrón y utilizaremos a favor de los cinco todo lo que él ha conseguido.

Estos, sin más opciones, decidieron hacer lo que Pablito decía.

Los cuatro nuevos amigos de Pablo eran Jaime, Julio, Fabio y Rubén. Jaime, quien era el líder entre ellos, propuso:

—Yo deseo que Pablo sea el nuevo jefe, pero quiero que, a diferencia del anterior, Pablo nos incremente el sueldo y que nos dé más tiempo libre, y la oportunidad de ampliar el negocio a otros pueblos y de reclutar más personas.

Pablito lo escuchó y dijo:

—Todo se gana, y depende de ustedes, de su lealtad —expresó con mucha vehemencia, para, así, imponer su mandato desde el inicio y demostrar que él podría amarlos y escuchar sus necesidades, pero también podría hacerles daño. Replicó—: Cuando odio, soy implacable y no tengo compasión por nadie, pues ya no tengo padre ni madre —así que agregó—: No me interesa nadie. Tendré en primer lugar a los que me sean leales, quienes andarán conmigo siempre, y a quienes les irá bien. Pero desapareceré para siempre a aquel que se «tuerza» o haga algo indebido.

Jaime desató a los demás por orden de Pablo, mientras explicaba a qué se dedicaban y cómo lo hacían. A él, por ejemplo, le tocaba robar ganado y venderlo en otros pueblos. A Jaime le tocaba extorsionar, y a Carlos le tocaba sobornar a las autoridades y someter a las victimas hasta que hicieran su propia voluntad. Los otros tres, como Julio, Rubén y Fabio, se dedicarían a otras labores que el jefe encomendaría.

Pablito, con un gesto de sonrisa malévola, expresó:

—Sigan de la misma manera —y aprobó los cargos, pero dijo que deberían expandir el negocio a otros sitios, e incluso a las ciudades vecinas.

En cierta ocasión, Pablo vio cómo estaban golpeando a un señor que se veía frágil. El nuevo jefe fue, atacó, sometió y golpeó a los victimarios, prohibiéndoles importunar a aquel hombre. Este, que ya no daba más por los golpes recibidos, le agradeció a Pablito, y le preguntó cómo le podía recompensar, a lo que este dijo:

—Solo vete.

Y don Jesús le respondió:

—Tengo una gran familia, y una hija que es muy buena trabajadora. Si necesita a alguien para múltiples oficios, ella puede ayudar.

Pablo le respondió:

—Vete ya, solo infórmame cuando te atropellen.

Pablo siguió en sus labores y no le dio importancia al ofrecimiento de Jesús. Sin embargo, pensó que tener una mujer a su servicio sería muy bueno para los intereses de todos. Él asumía a las mujeres como las que organizaban todo, llevaban la contabilidad y las deudas, organizaban los futuros planes y llevaban agenda; además, pensaba que las mujeres eran honestas, eran leales y se podría hablar con ellas de muchos temas. Adicionalmente, tenían un plus, ya que de vez en cuando podrían ser usadas como señuelos para sus labores delictivas.

Así que buscó a Jesús y le dijo que llevara a su hija a cierta dirección para darle un trabajo. Su nombre era Carolina, según don Jesús, quien, muy contento, fue a buscarla. Luego de encontrarla, le explicó la propuesta de trabajo. Jesús dijo que aquel que lo defendió era ante quien la llevaría a darle un empleo. Carolina le preguntó:

—Y, ¿qué tengo que hacer?

—No tengo idea —respondió Jesús—. Pero ese señor, a pesar de tener una cara espantosa, nos quiere ayudar, y eso es lo importante.

Carolina no siguió preguntando, y se fue a buscar al señor Pablo en compañía de Jesús.

Carolina comenzó a buscar la dirección que le dieron, pero Pablo no estaba cuando ella llegó, por lo que, bajo su orden, Rubén debía recibirla. Este, no obstante, estaba haciendo unas cuentas, así que los demás la atendieron. Uno de ellos se percató que llevaba una minifalda, una blusa corta y estaba maquillada, y, aunque no era muy linda, su atuendo la hacía ver como una reina en plena pasarela. «Lo que hace pensar la necesidad» pensaba Jaime, mucho después de su problema

Jaime empezó a maquinar pésimos pensamientos en contra de aquella dama. El escolta, que no conocía mucho del nuevo jefe, se la llevó, y cuando ya estaba lejos, le dijo:

—Debes someterte a ciertas pruebas, y la primera sería acostarse conmigo.

Esto no sonó bien a Carolina, que se echó a llorar. El escolta aprovechó y comenzó a desvestirla, pero ella corrió cuando ya la iba a tomar entre sus brazos. En ese momento, Pablo apareció y le preguntó, a ella, qué pasaba. Carolina le dijo:

—Soy la hija de don Jesús, el señor que usted ayudó. Este señor me dijo que la primera prueba para el trabajo era acostarme con él —y agregó—: pero no quiero. Ni siquiera lo conozco.

Pablo se enfureció e hizo que lo castigaran: se quedó tres días sin comida, al aire libre, sin ropa (durante el día y la noche), y con las hormigas picándole en todo momento.

A los dos días ya estaba moribundo y pedía piedad y clemencia, pero Pablo no se apiadaba. Al tercer día podría quedar libre. Jaime, casi sin poder moverse, logró recuperarse, y le quedó grabado, en la piel, este mensaje: «Pablo es de amores y de odio». Se dijo a sí mismo: «con el Patrón debo ser serio y aceptar las normas». Esta fue la primera prueba del poder de Pablo, aquí se dieron cuenta que, si no hacían su voluntad, podrían perder la vida de una manera muy dolorosa.

Jaime se disculpó con Carolina, prometiéndole que siempre la cuidaría y que jamás volvería intentar abusar de ella con sus argucias y mentiras.

—Que jamás vuelva a pasar —dijo Carolina, y se dieron la mano. Jaime agachó la cara en señal de vergüenza y arrepentimiento. Pablo le dijo unas frases célebres de la Biblia: «no es solo arrepentirte y pedir perdón, es alejarte del error y no volverlo a hacer».

CAPÍTULO V

UN NUEVO GRUPO ILEGAL Y UN VIAJE A LO DESCONOCIDO

Las seis personas que quedaron en el grupo fueron Pablo, Julio, Fabio, Jaime, Carolina y Rubén, los demás fueron atacados por otros delincuentes y en diferentes hechos fueron dados de baja. A Pablo, a pesar de tener un corazón despótico, le dolió mucho no tener a sus otros amigos, y mucho más al enterarse que algunos fueron asesinados y otros enviados a la cárcel. Todo esto hizo que Pablo decidiera marcharse del pueblo que lo vio crecer y tomar nuevos destinos. No quería abandonar a sus amigos y a Carolina, y consideró que tomar en cuenta su opinión sería justo, pues todos irían por un solo camino y un solo objetivo: tener mucho dinero, de cualquier manera, y viajar por toda Europa, disfrutando del dinero que habrían conseguido de mala forma.

A solas, Pablo describía a cada uno de los colaboradores para saber qué debía hacer cada uno de ellos y qué actividad debía asignarles, de acuerdo con el perfil que tuviesen. Él sabía que conocer los talentos y habilidades de las personas que tenía cerca era esencial para que cada uno se sintiera a gusto en su trabajo y lo ejecutara a placer, a plenitud y con amor, aunque su labor no tuviera nada de buenos sentimientos.

—Jaime —afirmó Pablo—, eres una persona calmada pero calculadora, y te gusta convencer a otras personas. Es decir, tienes una inteligencia para doblegar con tu voz.

Pablo le asignó ciertos planes en los que debía hacer cambiar de opinión a cualquier persona. Jaime también le hablaba al oído a su jefe. Mutuamente, se profesaban profunda confianza. Jaime era uno de sus mejores pupilos. Además, había dado ejemplo de lealtad y nobleza en algunos actos, en los que Pablo lo analizaba.

—Julio —dijo Pablo—, eres el más alto y sueles proponer ideas y buscar enlaces para ejecutar planes. Eres la cabeza de la creatividad y acostumbras a leer libros para ilustrarte más. Y, aunque esto poco importa para nuestro trabajo, sí que es bueno que leas. A mí, personalmente, no me gusta hacerlo, pero me encanta que otros lo hagan. Gracias a eso, piensas y dices que el que lee será más inteligente. Tienes las ideas más frescas, tu pensamiento será aún más divergente, y todo esto significa un punto para el grupo, porque necesitamos gente inteligente —prosiguió el jefe—: Sigues tú, Fabio. Eres bajito y callado, pero eres el más hostil de todos y no tienes contemplación con nadie. De hecho, muchos creen que eres el peor, incluso peor que yo —afirmó Pablo—. Pero eres digno de confianza —le dijo Pablo—. Te quiero porque eres parecido a mí.

Luego siguió con Carolina.

—Por otra parte, tú. Aunque no te ha sido fácil adaptarte al grupo, pues jamás imaginaste cuál era el trabajo que yo le había ofrecido a tu padre, has entendido la situación y eres la chica del grupo. De hecho, eres la que organiza todo tal, como lo imaginé.

»Finalmente, estás tú, Rubén. Eres el más rudo de todos, incluso peor que Fabio. Pero la diferencia es que eres más fornido y un poco más alto, lo que causa miedo en nuestros enemigos; y tu vocabulario, que es fuerte, los atemoriza.

Pablo empezó a decir esto un día en que no sabía adónde ir. Se dedicó a imaginarse el comportamiento de su séquito, se preocupaba sobre qué hacer. Estaba pasando por la pérdida de sus otros amigos y la casi la inexorable expulsión de su pueblo, pues ya poco se podía hacer allá, además, porque el ejército había plantado una base militar, y la policía, por las constante quejas y crímenes presentados en esa región llamada Puerto Carreño había puesto muchos centros de reacción inmediata. Lo cierto era que Pablo había recogido los bienes de su antiguo enemigo (que era muchísimo dinero y que no alcanzaba a contar tanto), pero debía invertirlo lo antes posible. Eran casi cinco maletines, muchos de esos billetes eran dólares, y lo que estaba en pesos eran billetes de grandes denominaciones. Se trataba, entonces, del espacio de cinco maletines que podían albergar veinte pantalones cada uno y veinte camisas, convertido en dinero de grandes denominaciones.

Pablo llamó a sus cinco colaboradores y les pidió que hablaran, porque ya no había mucho que decidir. Les preguntó si cada uno tomaba su camino o si se unían e iban a otro lugar. Carolina tomaba nota y pensaba en ideas, y Julio pidió la palabra, mientras que Rubén, Jaime y Fabio estaban muy serios, pues no les gustaba la idea de separarse. Siempre habían delinquido y no sabían trabajar por separado, a pesar de tener, en promedio, treinta y cinco años.

Julio tomó la palabra y empezó a hablar, diciendo:

—Les voy a describir un lugar hermoso, aunque queda distante de donde estamos. Es un pueblo que goza de muchos privilegios, en términos de naturaleza y tranquilidad —estas palabras fueron de agrado para los cinco, que ya estaban cansados del ruido y las molestias de los pueblos donde habían estado. Pablo, al escuchar esto, dijo:

—¡Suena maravilloso! —y agregó—: Continúa, por favor.

Julio siguió describiendo:

—Este pueblo es calmado, las personas son muy humildes y trabajadoras, no hay ningún grupo ilegal allá. Con respecto al clima, es lluvioso. El promedio de temperatura es de treinta y cuatro grados centígrados. Es un pueblo llano, pero con algunas montañas hacia los lados; tiene un río cristalino; la vegetación es espesa y hay muchos animales endémicos… —cuando dijo esto, Carolina preguntó:

—¿Qué es endémico?

Rubén y Fabio sonrieron, pero Julio le respondió:

—Animales endémicos son los que solo se dan en una región específica.

—Gracias, no lo sabía —dijo Carolina—. Rubén y Fabio, no se burlen, una no lo debe saber todo.

Julio calló por un momento, y luego preguntó:

—¿Puedo seguir?

—Claro, prosigue, que nos interesa saber para dónde vamos —respondió Jaime.

Julio continuó con la palabra:

—Cada barrio tiene un riachuelo que le permite tener su propia agua, hacen fiestas donde todas las personas se confunden por su alegría, nadie se siente extranjero o forajido allá. Este pueblo tiene parques naturales, una iglesia que le da mayor hermosura al municipio, y nunca hay movimiento de tierra o temblores, mucho menos terremotos. Esto lo digo porque donde estamos tiembla y la gente se pone muy nerviosa, pero para donde vamos jamás pasan desastres naturales, excepto cuando la lluvia campea, que hace que el rio crezca. Pero esto es una ventaja, porque deja muchos peces atrapados en los riachuelos de cada barrio, y la gente tiene comida fresca para tres semanas.

—Por curiosidad —preguntó Pablo—, ¿cómo conoces este pueblo, si queda tan distante de Vichada?

—Lo conozco porque mis padres eran de allá y me llevaron cuando era niño. Siempre quise volver, pero la pobreza y las penurias solo me dejaron verlo en la imaginación.

A todos les encantó esa descripción. Incluso Fabio y Rubén, quienes eran los más callados, dijeron que había que ir para allá.

—Y, ¿de qué vamos a vivir —preguntó Jaime—, si es un pueblo pobre?

—Se me olvidaba que es un pueblo que tiene minas que almacenan oro puro y platino —respondió Julio—. No obstante, no lo han sabido explotar para enriquecerse.

—Con el dinero que tenemos, podremos comprar máquinas para trabajar y volver eso una mina productora de oro y otros metales preciosos —concluyó Carolina.

A Pablo no le gustó la idea, pero preguntó:

—¿Cómo llegaremos allá? No pertenecemos a ese lugar, y de inmediato sabrán que somos forajidos. En algunas regiones pequeñas de Colombia, cuando uno llega como nuevo a un pueblo, y en grupo, la gente se pone nerviosa y toma precauciones. Nos echarán a las autoridades. Además, andamos con mucho dinero.

El dinero estaba escondido en dos tanques de las camionetas, los cuales habían sido creados e ideados por Rubén y Fabio. Por eso, ellos recorrían pueblos y nunca les encontraban armas ni mucho dinero, porque también tenían un escondite en la parte de abajo de las camionetas para esconder las armas de corto y largo alcance. Sacaron el dinero de las maletas y lo camuflaron en el carro.

—De eso me encargo yo —dijo Jaime—. Comencemos a averiguar cuánto valen las máquinas, que cuando todo esté a punto, llegamos al pueblo y analizamos la región

—Pero no podemos comprar nada antes de llegar —prosiguió Julio—. Si llegamos con toda una maquinaría, nos odiarán: dirán que los vamos a explotar, y la verdad es que ellos aman mucho la naturaleza. Aún más: la naturaleza es su vida. Ellos idolatran sus ríos, porque son su vía de comunicación, el lugar donde pescan, su sitio turístico, el lugar de donde que sacan agua para hacer actividades del hogar y consumirla (porque no hay acueducto), y el río es también el lugar de donde sacan arena, piedras y otros elementos para construcción de viviendas.

Pablo y su grupo decidieron irse como personas que van de turismo. El trayecto les llevó varios días, porque tenían que cruzar el país desde el oriente hasta el occidente. Llegaron en dos camionetas y se instalaron en un hotel a las afueras del pueblo.

Al llegar a su nuevo destino, la gente se preguntaba quiénes eran ellos, que no los conocía nadie y tampoco iban desde la capital. Eso se notaba porque no vestían bien y no tenían ningún uniforme de algún ministerio, ni placas o uniformes de autoridades de la capital.

—Además, no salen de allí. ¿Cómo harán para pagar hotel y la alimentación, si no trabajan? Y son cinco hombres y una dama, que, por cierto, parece muy seria —esto comentó una vecina del hotel a otra señora del pueblo.

Estuvieron así durante un mes. Al finalizar este período, decidieron darle una vuelta al pueblo para hablar con las personas. Jaime, Julio, Pablo y Carolina salieron en grupo. Mientras tanto, Rubén y Fabio decidieron quedarse. Ellos casi siempre andaban juntos, se entendían muy bien y hacían chistes entre ellos. Pablo no les hacía ninguna crítica, sabía que comprenderse era un paso para trabajar en equipo. Alguna vez le dijo a una novia:

—Yo no tengo por qué quererte, es mejor que nos comprendamos. Si el amor entre los dos es grande y no nos entendemos, sufriremos demasiado. Así que, por ahora, necesito que nos entendamos. El amor viene después

Pablo explicaba esta idea a Carolina, porque a ella no le gustaba que Rubén y Fabio estuvieran tanto tiempo juntos, pero Pablo sabía lo que significaba entenderse con alguien. Luego, Carolina le preguntó:

—Y, ¿qué sucedió con tu novia?

Y él le respondió:

—Jamás nos entendimos. Aunque nos amábamos, nada funcionó. Por eso cada quien tomó su orilla.

Esa salida dio buenos frutos, porque se encontraron a un señor llamado Martín, a quien, por casualidad, vieron sentado en una esquina. Se veía muy cordial y tranquilo. Además, era una persona de más de cincuenta años, y podría darles mucha información. Pablo lo llamó y lo saludó, luego le preguntó quién era. Ambos sintieron una energía que les recorrió todo el cuerpo, pero ni Pablo ni Martín hablaron del suceso. Martín los ilustró de todo el proceder del pueblo y les habló de las minas. También aseguró que a él le gustaría explotar su mina con grandes máquinas, pero que no tenía ni el dinero ni la conexión para hacerlo, así que mejor seguiría trabajando y salvando semanalmente lo justo para comer. Mientras ellos hablaban, venían persiguiendo a un muchacho que presumiblemente se había robado una carne. Estaban a punto de alcanzarlo para lincharlo. Este señor, además, se había metido en una casa a buscar comida, no tenía nada para comer. Pablo, al ver la situación, intervino y lo llamó.

—¿Qué pasa con él? —preguntó Pablo.

La dueña de la carne y la dueña de la comida que había robado dijeron:

—Ya estamos cansadas de él: nos roba y dice que es para comer, pero nosotras tampoco tenemos mucho, como para que él venga y lo coma por nuestra cuenta

—¿Cuánto se ha robado? —preguntó Pablo.

—Alrededor de cincuenta mil pesos a cada una —respondieron ellas.

Pablo llamó a Carolina y le pidió que entregara doscientos mil pesos a cada mujer que fue robada por aquel muchacho. Las señoras se fueron muy felices, y esto impresionó a Martín, quien pensó «estos tienen plata». El muchacho se quedó con los cuatro recién llegados, y Martín tampoco se les apartaba. Veía en ellos personas que podrían ayudarle a salir de pobre, como él solía decir.

Carolina le pidió ir al hotel al día siguiente. Además, le regalaron doscientos mil pesos, y le dijeron que robar no era bueno, ¡qué extraño que unos criminales pensaran así!

—Pero eso sirve como entrada. Es mejor que piensen que somos buenas personas a que imaginen que somos delincuentes —agregó Julio.

Desde ese entonces, comenzaron a hacer amigos y a conocer el pueblo. Martín los llevó a visitar su mina, y Andrés, otro amigo que hicieron, se quedaba hablando con Rubén y Fabio. Carolina tomaba nota de todo y alistaba los detalles para la nueva compra, pues tenían suficiente dinero para llegar a lograr su objetivo. Pensaban que podrían vivir bien y sin robar. Pablo, una vez, dijo:

—Esta gente es buena y no se les puede hacer daño.

Y Rubén, en el mismo sentido, afirmó:

—Así es, pero que se comporten.

Lo mismo dijo Fabio. Carolina, por su parte, llegó a pensar que los desconocía. No entendía cómo, después de haber hecho tanto mal en otros pueblos y sin piedad, ahora estaban tan tranquilos. Ella se quedaba anonadada y pensaba «ya se comienza a ver a unos criminales pensando en el bien de los demás e impartiendo justicia. ¡Qué ironía, Dios! ¡No lo puedo creer».

CAPÍTULO VI

NUEVAS MÁQUINAS, NUEVO PUEBLO

Julio, Pablo, Carolina, Jaime, Rubén y Fabio comenzaron a conocer mejor el pueblo, su idiosincrasia, su alimentación, sus tradiciones, sus debilidades, sus fortalezas y sus actividades productivas (que no eran muchas). Es decir, comenzaron a conocer más de ellos para entenderse mejor. Resultaba muy raro que pensaran así, cuando su intención era destruir, matar, secuestrar y atropellar, pero la idea comenzó a cambiar, a tener una nueva mentalidad y una nueva dirección. Esto decía Carolina, que se extrañaba del actuar de Pablo y de la tranquilidad que demostraba tener frente a la gente de aquella región.

En una mañana lluviosa, mientras hablaban y hacían chistes, vieron solo a un hombre de avanzada edad. Lo llamaron para que les contara más sobre él y el pueblo. Pablo sintió un extraño sentimiento cuando vio a este señor, y de inmediato, con cierta sensación extraña, se le fue una lágrima que no pudo contener. Era como una fuerza interior que le decía que esa persona iba a ser muy funcional y necesaria para el grupo. Así fue como llamaron al viejo Rodolfo, quien tenía setenta y seis años y era una persona saludable y risueña, se alimentaba bien, escuchaba vallenato, música llanera todos los días, y cantaba a todo pulmón sin saber que había unos nuevos vecinos que lo escuchaban. La habitación de Rodolfo estaba en una casa pequeña contigua al hotel.

Sin darse cuenta, Rodolfo era observado por Pablo y analizado por Julio, quien le dijo a Pablo que él podría ser un elemento muy importante para la organización. Rubén, al escucharlos, dijo que ya era suficiente con el nuevo miembro, Martín, que no se despegaba de ellos.

—Es una buena idea —dijo inmediatamente Carolina.

—Está muy viejo. Morirá en cualquier momento —dijo Fabio, enojado.

Carolina, que venía de un pueblo donde veneraban y respetaban a los ancianos, les respondió:

—La gente anciana está llena de experiencia, y si han llegado a esa edad es porque han sabido llevar una buena vida con sabiduría y con suerte, y han sabido afrontarla. No se vive tanto, ni se llega a esa edad con tanta energía y vitalidad, si se ha llevado una vida incorrecta —y agregó—: Ese señor se ve más feliz que nosotros, que tenemos menos de la mitad de su edad. Deberíamos aprender de él, porque además nos puede dar la información histórica que pocos nos podrían brindar —finalmente adicionó—: Recuerden que lo importante no siempre es ser joven o viejo, lo relevante es tener salud, ser sabio, vivir feliz y tener sueños todos los días, para tener algo en que concentrar y gastar energías.

Todos se quedaron mudos ante, esta reflexión y no añadieron ni una palabra más a la decisión de Pablo, quien dijo:

—Tenemos un nuevo miembro, y lo respetaremos como si fuera el padre de todos.

—Sí, señor —respondió el grupo.

Llamaron al nuevo jefe.

—¿Cómo te llamas? —le preguntaron.

—Rodolfo —respondió el viejito.

—¿Eres de este lugar? —preguntó Pablo.

—En los dos últimos años he vivido aquí, pero soy de otro extremo del país. El trato ha sido tan bueno que de aquí no saldré nunca.

—¿Cuántos años tienes?

—Setenta y seis añitos —dijo Rodolfo con una sonrisa.

—Háblanos de todo lo que puedas y conozcas de tu nuevo pueblo —le dijo Julio.

Rodolfo, efectivamente, comenzó a explicarles cómo vivían, dándoles información que jamás pensaron tener, como cuáles minas tenían más oro, en cuáles era vano el trabajo, qué sectores eran improductivas y cuales tenían muchas posibilidades de encontrar mucho oro, y no solamente este metal, sino también platino, que por ese entonces era más costoso que el propio oro.

Al día siguiente y conociendo ya el pueblo y de sus alrededores, llamaron a una empresa que comercializaba con máquinas. Carolina demandó:

—¿Por qué no consultamos con Rodolfo? Quizá nos pueda ayudar.

Pablo había pedido a Jaime que consignara el dinero, porque ya Martín les había dicho cómo contactar a la empresa que podría proveerles las máquinas que ellos buscaban. Pero Jaime, en el trayecto, vio una muchacha muy linda y la comenzó a cotejar, lo que le quitó tiempo. Cuando Pablo llamó a Rodolfo, él fue de inmediato. Pablo le explicó el plan y en dónde iban a comprar las máquinas. Rodolfo quedó mudo ante esa información, a lo que su interlocutor le preguntó

—¿Qué sucede?

—Perdieron su dinero —respondió Rodolfo—, esa empresa es ficticia, y ya han estafado a muchos con ese proceder. Les dicen que les venden baratas, las mejores máquinas, pero que necesitan el dinero para comenzar con los preparativos, y entonces desaparecen. Luego de dos años vuelven y buscan a estafar a otras personas.

Ante esta confesión, llamaron a Jaime por unos radios especiales que en otrora tenían ellos para hacer sus negocios ocultos. Jaime, que ya estaba llegando a la agencia para depositar el dinero, tenía el radio apagado. Al entrar, la cajera le prohibió entrar a la agencia con aquella mujer. En esa zona no se podía hablar con nadie cerca. Él hizo caso.

—Sostenme aquí este aparato —le dijo.

Ella esperaba afuera con el radio. Por pura curiosidad, lo prendió, y de inmediato salió un grito que decía:

—¡No consignes!

Ella se aterró y llamó a Jaime. Este salió, pero dejó el dinero en la ventanilla.

—No consignes —le dijo Pablo.

Jaime se sintió incómodo, porque pensó que había cometido un error, o que el haber hablado con aquella chica lo había perjudicado. Se devolvió nervioso, pues sabía del corazón despiadado del patrón. Vaya sorpresa cuando llegó, lo abrazó y le dio las gracias por no consignar.

—¿Qué pasó? —preguntó Jaime.

—La compañía que nos ofreció las máquinas es una fachada, y no existe, así que íbamos a perder parte del dinero que nos queda.

Efectivamente, en las noches siguientes salió las noticias que la empresa «WWC» era estafadora y había engañado y estafado muchos empresarios mineros en el país, y que su captura era muy complicada, porque cambiaba de nombre y de personas en cada región minera.

Rodolfo y Jaime fueron los héroes. Como muestra de agradecimiento, Rodolfo fue invitado a trabajar con ellos. Claro que la idea no fue de mucho agrado, pero el jefe era el jefe, y sus decisiones no se discutían, porque no se podía tener un jefe sin carácter y de poco liderazgo. «A veces hay que actuar sin democracia», decía Pablo.

Carolina se sintió feliz, porque sabía que era un miembro que traería mucha vida al grupo, a pesar de su edad. Rubén, Fabio y Jaime se preguntaban qué tanto podía ayudar, si su interés era destruir y robar.

—Rodolfo está de avanzaba edad para esa actividad —adicionaba Rubén.

Sin embargo, no dijeron ni una palabra más al jefe. Y Pablo confirmó:

—Va a estar con nosotros —confirmó Pablo—. Es una persona con experiencia y es un miembro honorable para todos nosotros —y prosiguió—: Quiero repetir lo que Carolina ya nos dijo —Carolina lo miró por primera vez con alguna picardía, pero Pablo no se inmutó. Él sabía que con su nueva cara ninguna mujer lo miraría con ojos de amor—: Este hombre es experiencia viva y humana, y nos guiará. Gracias, Rodolfo. La información de hoy nos sirvió, y si perdiésemos ese dinero nos tocaría salir huyendo de este lugar a buscar otros horizontes, pues casi todo nuestro capital estaba allí.

CAPÍTULO VII

LAS PALABRAS DE RODOLFO

La vida para Jaime, Julio, Pablo, Rubén, Fabio y Carolina se había tornado diferente. Ellos, al no tener a dónde ir, ni a quien extorsionar, secuestrar o asesinar, se dedicaron a esperar la hora de ponerse a trabajar, y se notaba que el querer hacer las cosas a como diera lugar no se había ido de ellos. Así que decían, en frente de Rodolfo, que harían todo cuanto quisieran y que no importaba quién se atravesara. Esas ideas seguían latentes, pero no tenían cómo actuar. Explotarían esos yacimientos de oro como fuera, sin importar la forma o los métodos. Lo importante era el fin... y a la vez se extrañaban de su pasivo comportamiento en esa región.

Rodolfo, por su edad y experiencia, sabía que sus nuevos amigos eran malhechores, y también era consciente que no los podía desafiar ni denunciar, y que, por el acierto que había tenido al no permitir que los estafaran, se ganó la confianza de todos. Aprovechó esto para hablarles como un viejo conocido. Entonces, se atrevió a intervenir en la conversación que tenían los seis amigos, y les dijo:

—Les voy a responder algo que no me preguntaron.

—¿Cómo así? —preguntó Rubén.

—Sí. Mira, tú dijiste que conseguirías tus propósitos como fuera, y me hiciste recordar de un sabio pensador, que no va con mis ideales, pero te digo lo que él consideraba...

Antes de continuar, uno de ellos sonrió y preguntó:

—¿Qué dijo el dichoso pensador? —era Rubén, quien estaba inquieto por saberlo. Y agregó—: Si a ti no te gustó, es de suponer que a nosotros nos encantará, porque siempre andas hablando de valores y de lo bueno del trato. Por favor, ¿qué dijo el dichoso pensador? —insistió.

—«El fin justifica los medios» —respondió Rodolfo—, y fue dicho por un italiano llamado Maquiavelo.

—¿Qué significa esa frase?, no entiendo absolutamente nada —preguntó Julio instantáneamente.

—Que lo importante es lograr las cosas, y no importa cómo, no importa el proceso, lo importante es lograr los objetivos en la vida… lograr todo de cualquier manera —explicó Rodolfo.

—¡Qué interesante filósofo y manera de asumir la vida! —dijo Carolina.

—Y, ¿eso qué tiene de malo? —añadió Fabio con una pregunta.

—Que debemos conseguir nuestras metas matando y acabando con las demás personas —respondió Rodolfo; e interpeló, dándole unas palmadas en la espalda a Fabio—: Claro que es malo, yo no puedo pisotear a las personas solo por encontrar mis metas —y siguió diciendo—: Recuerda lo que dijo un contador de fábulas, Rafael Pombo: «cuando hacemos daños a los demás, nos hacemos daños a nosotros mismos, queda como moraleja en la fábula llamada *La nariz y los ojos*».

Pablo, que permanecía callado, interpeló, diciendo:

—Sí, nosotros hemos pasado muchos años haciendo daño, y no hemos conseguido mucho, porque hemos pensado solamente en nosotros y nunca hemos interiorizado el daño que hacemos al destruir familias y arruinar vidas. La verdad es que el fin no debería justiciar los medios, es mejor pensar el medio con objetivos y procesos bien hechos. Esto debería llevarnos a lograr las metas comunes, donde no le hagamos daño a nadie. Ahora entiendo la causa de todos nuestros males, y del esperpento de cara que tengo. Todo es por la maldad que he hecho a través de mi corta o larga vida —y comentó—: ¡A cuántas personas he hecho sufrir, y nunca me había detenido a reflexionarlo!

Todos se quedaron callados por unos segundos, pero luego sonrieron y nombraron a Pablo como «El Filósofo: Pablito Maquiavelo». Se pusieron a reír, incluyendo a Fabio y a Rubén, que casi nunca se reían y procuraban conservar su comportamiento. Sentían que esto los hacía más duros y que así causaban más miedo. Nadie podría creer que el propio Pablo tuviera palabras donde incluía el bien común para la humanidad. Una paradoja: Pablo el malito hablando del bien común. «Difícil de creer», pensaba Carolina, pero nunca lo exteriorizó.

—Al principio, uno de ustedes ha dicho que se siente raro porque han cambiado —dijo también Rodolfo—, y que ya hasta se desconocen.

Uno de ellos levantó la mano y añadió:

—Yo lo dije, porque hemos llegado acá y hasta parecemos seres decentes. ¿No será que la gente tan calmada de acá nos ha cambiado?

Rodolfo lo señaló, y, dirigiéndose a todos, les dijo:

—Sí, es verdad. Jacques Rousseau, un escritor francés, alguna vez se refirió a ello, cuando escribió «el hombre nace sano y la sociedad lo corrompe».

Todos se miraban extrañados, y Julio, que se creía el más inteligente, le preguntó:

—¿Me puedes explicar esa frase? —igual que la anterior, la desconocía. No la había entendido.

—Claro. Nosotros nacemos sin pecado social, pero, cuando comenzamos a crecer, nuestra vida se convierte, en gran parte, en todo lo que experimentamos y lo que vivimos en un contexto. Si vivimos entre intelectuales, en un gran porcentaje seremos así. Pero si vivimos entre delincuentes, existe una posibilidad enorme que seamos también delincuentes. Otro ejemplo: si andas con un amigo que consume drogas, es probable que tú en algún momento lo hagas, así digas que nadie daña a nadie.

—¡Pero mis padres no eran así! —dijo inmediatamente Pablo, con vehemencia.

Rodolfo, como un mago que conoce el comportamiento de muchas personas, le dijo:

—Existe una probabilidad de que seas como tú afirmas. Pero, si no fue por eso, entonces tus padres te dejaban hacer todo lo que tú querías. Eran alcahuetes y tú aprovechabas su amor para hacer tus travesuras, que cada día fueron incrementando, al punto en que te desbordaste. Y ellos, por no llamarte la atención, no buscaron solución, sino que, por el contrario, sintieron agrado en lo que hacías, aunque en el fondo sentían miedo por ti.

Pablo se quedó pasmado por esta verdad. Entre risas, rabia y vergüenza reconoció que era precisamente lo que habían hecho. Entendió que sus padres, aunque lo habían amado, también le habían dado la peor de las enseñanzas y una mala educación, hasta haberlo convertido en un tirano, alguien que se había creído el dueño de muchas vidas, pues había sembrado odio y había destruido muchas vidas a su paso.

—Los padres deben tener carácter para educar —dijo Rodolfo—. No se trata solamente de dar amor o decir «que mis hijos no sufran lo que yo sufrí». Es necesario criarlos como se coge un jabón: no apretarlo mucho, porque se sale, ni dejarlo tan suelto, porque se cae.

Todo iba de maravilla. Estaban conociendo muchas verdades que nadie jamás les había y dicho, y, si las habían escuchado, siempre las habían ignorado. Todo se acabó cuando Carolina dijo que la cena ya estaba lista, y que el día siguiente sería un nuevo día para arrepentirse. Lo dijo en broma. Tomaron camino a la mesa, y por un momento hubo silencio: era real, el camino que habían tomado estaba muy atado a la educación recibida en casa, y no solamente Pablo, sino todos, habían sido mal educados. La vida los había terminado de lastimar con las malas amistadas que consiguieron.

CAPÍTULO VIII

LAS COMPRAS DE LAS MÁQUINAS Y OTRAS COSAS

Ahora Pablo llamó a Julio, a Jaime, a Carolina y a Fabio. Se fueron en uno de los vehículos a un pueblo vecino, para descubrir cómo habían comprado las máquinas, su valor y cuánto tiempo se demoraban en llegar al sitio en donde estaban.

—Alguien debe quedarse en el carro, no podemos ir todos, alguien nos puede reconocer —dijo Fabio—. Ya que soy muy serio y no sé de negocios, prefiero quedarme.

También Pablo, con su cara deshecha, daba la impresión de un ser despreciable y malo. Eso pensaba él y mucha gente. Por eso, él y Jaime se quedaron en la camioneta con Fabio. Mientras Carolina tomaba datos de lo referente a las compras, Julio la escoltaba.

Cuando los tres amigos estaban esperando a los otros, sucedió algo inesperado. Fabio y Pablo estaban en el automóvil. Pasó una pareja que iba peleando. El hombre le pegaba sin piedad a la mujer, que venía a su lado. Pablo se indignó con esto, pero no podía cometer ningún crimen, porque quedarían en evidencia. Sin embargo, no podían dejar esa situación así. Ambos se bajaron.

—¿Por qué golpeas a una dama? —le preguntaron a aquel hombre. Por el tono de voz, era como si le dijeran «déjala».

—Es mi esposa y se ha portado indignante conmigo y con nuestros hijos —respondió el hombre.

—Déjala —insistió Pablo, pero este no atendió el llamado. Por el contrario, tomó una roca y la lanzó. Jaime se salvó de la pedrada en la cabeza porque era bajito, la roca apenas tocó su cabello. Sin embargo, esta reacción hizo que Pablo se enojara y tocara al señor, quien se cayó de una vez. Pablo era muy fuerte. El hombre se levantó y vio el arma que tenían Pablo y Fabio, así que, de manera sabia, se disculpó.

—¿Qué pasa? —preguntó Pablo, y él le respondió que ya no se entendían.

—Nadie puede vivir sin comprensión —dijo Fabio—. Es mejor que no se amen, pero que se entiendan. Y, si no, se separan. Sin comprensión no hay amor, y con comprensión habrá siempre una razón para seguir. Esto, luego, trae el amor.

—Es verdad —afirmó la mujer—. Desde que no nos comprendemos, por más amor que hayamos tenido, este va desapareciendo. Y a mí me falta —expresó ella—, entenderte más y darte más amor. Y lo haré, y tú jamás me golpearás —con estas palabras tan sorpresivas, aquel hombre se fue en llanto.

—Jamás te golpearé o te haré algún daño —prometió el hombre. Finalmente, se fueron.

Una hora después que el acontecimiento pasara, Carolina y su nuevo escolta salieron de la sala de venta de aparatos pesados afirmando que ya habían hecho el negocio, y que las máquinas llegarían en un mes. Pablo y Fabio abrazaron a Carolina, y cuando se iban a subir, vieron que aquella pareja que antes estaba en pelea venía abrazándose y sonriendo. Carolina miró y les dijo:

—¡Miren, qué parejas tan lindas!

—Vámonos —dijo Pablo a Fabio.

Carolina le lanzó otra miradita a Pablo, pero este no se percató, Pablo y Fabio volvieron a sonreír, pero Carolina nunca entendió por qué lo hacían.

Treinta días después, llegó toda la maquinaría. Llamaron a Rodolfo para que les dijera a quiénes debían contratar; como dato curioso este no se identificaba con su nombre completo.

—Hay mucha gente en el pueblo sin trabajo —les dijo—, así que no será difícil buscarlos. Los encontraré enseguida. Además, suelen ser muy trabajadores y responsables a sus deberes.

A las dos horas, Rodolfo llevó noventa trabajadores. Los reunieron y les dijeron que tenían que firmar un contrato de confidencialidad. Los nuevos trabajadores, como hacía meses no laboraban, aceptaron sin mucha dificultad, sin hacer preguntas, incluso sin leer los documentos. Carolina, Jaime, Fabio, Julio, Rubén y Pablo sacaron todo tipo de armas y les dijeron:

—Trabajarán para nosotros, queremos lealtad, y si alguien falla, lo liquidamos. Ustedes ya firmaron un contrato de lealtad para este grupo, pero, si son leales y nos va bien, a ustedes les irá mejor.

—¡Sí, señores! —gritaron a coro.

Comenzaron a ejecutar diferentes labores en la mina, y el resultado fue bastante importante. Las máquinas funcionaban a las mil maravillas. No obstante, comenzaron a contaminar los ríos, y esto causó una rebelión en el pueblo. Hablaron con el alcalde, pero él había aceptado un soborno, así que las protestas no le importaban. Pablo estaba impresionado con esas máquinas tan grandes: parecían seres humanos de latas y enormes monstruos. Él se quedaba pasmado ante su imponencia frente a las retroexcavadoras, y decía para sí «si mis padres estuvieran vivos…». Por un momento, se arrepintió del dolor que causó a otros hijos por haber acabado con sus padres.

Carolina, al escucharlo, se preguntó «¿Pablo está cambiando o solo está modificando sus crímenes? Ya se le ve sonreír, cosa que no hacía desde que mataron a sus padres». Carolina lo llamó a cenar y Pablo salió de su letargo.

CAPÍTULO IX

ENFRENTAMIENTO CON LA COMUNIDAD

A medida que pasaba el tiempo, Rodolfo se volvió pieza clave para el grupo. Aunque habían financiado enormes máquinas con dinero ilegal en el pasado, lo que estaban haciendo ahora era legal y con permisos de las autoridades, Rodolfo era el representante legal, ya que ninguno de ellos podía firmar y aparecer en documento público. Todos eran buscados.

—Pero en el sitio al que hemos venido, no tomamos ningún riesgo. Pasaría mucho tiempo para encontrarnos —decía Julio. La verdad no estaba lejos de la realidad. El pueblo estaba ubicado al occidente del país, y era una zona que, además de apartada, era olvidada por el Estado y el gobierno central.

Después de dos meses de tener trabajo minero a gran escala, apareció el comercio en este bello lugar. Se abrieron nuevos bares, apareció una nueva forma de economía, nuevos visitantes y el pueblo tenía dinero como nunca en su historia. Incluso don Patricio, que era uno de los dueños de una de las minas, dijo:

—¡Dios, jamás seré pobre! —lo dijo porque nunca había tenido doscientos billetes de veinte mil pesos en sus manos. Llegó a pensar que el dinero era eterno, y en un acto de ignorancia y soberbia, mientras miraba cómo le llegaba más dinero, expresó—: Dios, dame un minuto de pobreza —frase que se conoció en todo el pueblo y fue rechazada por toda la comunidad, al punto en que se convirtió en la burla de todos. Pero, «a la postre», Patricio lamentó dicha soberbia.

La vida aparentemente seguía con nuevos vientos, eran tiempos que jamás habían sido tan prósperos en ese pueblo.

Por supuesto que había motivos: el dinero estaba en todos los bolsillos, y el placer y la comodidad se apoderaron de muchas personas, que nunca pensaron que su vida mejoraría. Ahora, no obstante, tenían más electrodomésticos, más diversión, más cervezas, más aguardiente, más carne para consumir y nuevos vehículos, y toda esta transformación hizo que mucha gente perdiese la cordura e ignorara el daño que se le estaba haciendo a la naturaleza.

Hay que ver que el dinero nos hace ser inclementes con la naturaleza, y que no nos enteremos de cuánto daño le hacemos a ella por consumir productos, los cuales solo producen plásticos y deshechos dañinos para el medio ambiente. Adicionalmente, esto sucedía sin ningún control por parte de las autoridades, que al parecer también estaban siendo beneficiadas por el auge de la minería y el nuevo pueblo. Los habitantes comenzaron a ver sus ríos llenos de basura, y las inundaciones eran peores cada día.

Un viernes, mientras unos paseaban, otros dormían, algunos trabajaban y uno que otro todavía estaba en las tabernas consumiendo licor, se escuchó una voz que hizo estremecer a todos. Naturalmente, no más fue la reacción de un grupo de estudiantes que veían cómo el lodo provocado por la minería había llegado a tal punto de locura y desequilibrio que se asomó en los colegios vecinos. Entonces, los estudiantes, al ver su institución educativa inundada, reaccionaron con protestas y arengas en contra de los nuevos invasores. De esta forma, los estudiantes se fueron enfurecidos en busca de piedras, maderas y cualquier elemento que se considerase destructivo, para mostrar su desacuerdo con la minería y con los alcances negativos que había tenido para el medio ambiente y la salud de las personas, ya que contaminaba los ríos y otras fuentes hídricas.

Los enfurecidos estudiantes demostraron su odio y rabia destruyendo todo lo que se podía ver cerca de ellos, llevando a este pueblo a una destrucción parcial y al anarquismo total.

Al otro día, todo era diferente. Había calma total, aunque

cabe mencionar que no hubo heridos, pero sí un pueblo semidestruido. Tampoco hubo muertos, solo dolor y tristeza por el amor que tiene el hombre al dinero, «y el desapego a la naturaleza cuando este viene», reflexionaba un vecino del pueblo.

La gente comentó que la minería, a esos niveles, solo había traído desmanes, peleas, asesinatos entre familiares, prostitución, odio, y enfermedades contagiosas jamás encontradas allá. En este pequeño remanso de paz nunca se conocía de atracos, robos o asesinatos, situaciones estas que ya habían cambiado.

La gente se enfrentó con sus culpas y con Pablo y su clan. Este grupo de personas, por momentos, se llenó también de ira y quería aniquilar a los revoltosos del pueblo. Gracias a que Pablo tenía muchos trabajadores que habían firmado un pacto de lealtad hacia ellos, se enteró y alistó a sus hombres, pidiéndoles que mantuvieran la cordura, que no se metieran con nadie en el pueblo y que gastaran todos los recursos antes de agredir a un labriego del pueblo o algún revoltoso.

—Pelean por sus derechos, nosotros vinimos a dañar su paz y su tranquilidad.

Al pasar las horas, se pensó que la problemática empeoraría, pero no hubo necesidad, porque estas personas, que siempre habían sido pacíficas, entendieron el entramado de la disyuntiva: tener desarrollo con una buena economía o, por el contrario, seguir con una alta pobreza, pero con paz y derecho a preservar su medio ambiente. Esto decía Rodolfo a su grupo: que el pueblo jamás perdería su norte, porque si bien era cierto que habían hecho grandes cambios, algunos eran para mejorar.

—Hoy la gente tiene mejores casas, visten mejor, viajan, pasean a las ciudades más cercanas y lejanas, su salud ha mejorado y tienen mejores ingresos económicos, para que sus hijos estudien fuera del pueblo.

—También hay que decir que antes no veían ningún asesinato —agregó Pablo—, y hoy hay al menos un par por mes.

—¿Será que no se puede progresar sin violencia? —intervino Carolina.

—Las sociedades europeas han sufrido muchos conflictos bélicos, y hoy por hoy viven en una tranquilidad —respondió Pablo.

—¿Quieren saber algunas de ellas? —preguntó Rodolfo.

—Nos gustaría saber —dijeron Fabio y Rubén.

—Hoy estamos para conocer la historia —dijo Julio entre risas.

Con esta aprobación Rodolfo comenzó a enumerarlas. Y dijo:

—Primero tenemos la Batalla de Verdún, en 1916. Para ese entonces, murieron más de setecientos sesenta mil soldados. Aparentemente, la ganaron los franceses. Otra muy sangrienta fue la Batalla de Moscú, entre 1941 y 1942. Los soldados de Moscú dieron la vida por defender su capital, y dejó miles de muertos a su paso.

—¡No puedo creer que en ese lugar tan frío haya habido miles de muertos! —dijo Fabio.

—Otra sangrienta —continuó Rodolfo—, fue en 1945. Quienes se enfrentaron esta vez fueron soviéticos y alemanes, bajo el mando de Hitler. Esta fue conocida como la batalla de Berlín. Aquí creen que hubo más de un millón de personas muertas entre ambos grupos y civiles. Y en esta guerra se suicidó Hitler, el líder alemán.

—Dicen que él mató muchos judíos —agregó Carolina.

—Así es —dijo Rodolfo—. Y, por último, les voy a hablar de la batalla de Xincou, en 1937. Esta batalla fue entre japoneses y chinos, en la que intervino Estados Unidos. Dejó cientos de muertos. Pese a que esta no fue solo entre europeos, lo que quiero decir es que las guerras siempre han estado en los pueblos, y en muchos de estos, después de ella, ha habido cambios constitucionales y calma, al igual que un crecimiento cultural, tecnológico y educativo, todo esto para no repetir la historia sangrienta. Por lo tanto, mis amigos, espero que este capítulo de hoy nos traiga reflexión a todos. Recordemos la importancia de la consagración de los derechos humanos en 1948, y la creación de organizaciones mundiales a favor de los más pobres, de la educación y de ayudar al mundo después de la segunda guerra mundial. Es decir, se nota que las guerras han dado muchos muertos, pero en muchos casos han causado grandes cambios sociales, económicos y de consciencia sobre la importancia de la no repetición.

—Ojalá este tipo de acontecimientos, así como han servido al mundo, obliguen a todos a pensar en el medio ambiente y no solamente en la economía, respecto a lo ocurrido ayer —concluyó Fabio.

CAPÍTULO X

LOS NUEVOS CAMBIOS EN EL GRUPO

Luego de toda una reflexión sobre el problema bélico en el mundo y en el pueblo, los nuevos amigos estuvieron descansando durante todo el día. Necesitaban establecer lo que harían con los daños causados por sus máquinas. Decidieron preguntarse, entre ellos mismos, qué harían.

—Los estudiantes hicieron el daño —dijo Fabio—, y ellos deben recoger todo; incluso el lodo que causaron nuestras máquinas.

—Difiero de ti, Fabio —dijo Carolina—. No es justo que ellos, quienes fueron afectados por nuestras máquinas y su desperdicio, y con justa razón hicieron estragos, ahora tengan que verse castigados con limpiar todo el daño en el pueblo —y prosiguió—: Además de que no ofendieron, y menos hirieron, a alguien.

—Lo que propongo —expuso Jaime—, es pagar a alguien para que haga ese trabajo. Para eso tenemos más de noventa trabajadores.

—Sería bueno dar una lección a los que protestaron —exclamó Julio—, y que trabajaran después de hacer el daño.

Rubén estuvo de acuerdo con Fabio y Julio. Rodolfo tomó la palabra y afirmó:

—El pueblo no debería pagar los platos rotos de los mineros y de los enfurecidos estudiantes, así que propongo que todos los que causaron el daño organicen y reconstruyan lo destruido, pero que reciban un salario por ese trabajo.

—Estoy de acuerdo —dijo Pablo.

Todos se aterraron de saber que Pablo iba a mostrar un acto de humildad frente a unas personas desconocidas cuando todavía se le consideraba malo, «y un rebelde» pensó Fabio. Pero Carolina, mientras los demás no alcanzaban a cerrar la boca, expresó por tal acontecimiento:

—La gente cambia y el jefe no es la excepción.

—¡Uy!, pero ¿estás de acuerdo con el jefe? —dijo Rubén, que casi no hablaba.

—¿Cuándo no? —respondió Carolina.

Todos se miraron de una forma extraña.

—¡Qué cosas!, ¿no? —murmuró Fabio, el mejor amigo de Rubén. Y cada uno se dedicó a limpiar sus botas, pues acababan de llegar de la mina y debían dejarlas listas: el día siguiente sería grande.

Llegó el gran día. Todos se levantaron muy temprano. Carolina marcó la ruta y los planes para ese día, armando parejas para trabajar: a Rubén lo puso con Fabio, a Jaime con Julio, y a Pablo con Rodolfo.

—Buen reparto —dijo Rubén.

Tomaron escobas, palas y traperos, y otro grupo tenía la misión de remediar lo destruido con palas más grandes, cemento, arena y hasta pintura. Cuando iban llegando al centro del pueblo, la gente hacía muchos comentarios. Debido a que no eran precisamente buenos, estas palabras despertaron sus ansias de causar problemas. Pero entonces Pablo dijo que debían portarse como todos unos caballeros, y que tenían que aguantar los malos comentarios de la gente. Así lo hicieron, hasta que unas chicas se les acercaron al trabajo y dijeron que ellas querían ayudar. Luego fueron dos señores a unirse a la causa. Pablo no tuvo problema en aceptar los requerimientos de estos voluntarios. Finalmente, los estudiantes participaron, ayudaron a solucionar los problemas y, mejor, recibieron dinero.

Los más felices con la unión de los nuevos trabajadores fueron Rubén, Jaime, Fabio y Jaime, ya que veían en las muchachas a las nuevas personas que en años no habían tenido. Se esforzaron por trabajar con mucho ahínco y demostrar mucha amabilidad y masculinidad, para hacer pensar a las nuevas mujeres que eran bienvenidas, mujeres estas que habían venido a colaborar con la limpieza de su pueblo. Aunque ellos dejaron ver mucho interés, ellas no se quedaron atrás, y entre trabajo, herramienta y sudor mostraron su complacencia hacia ellos. Al finalizar la primera jornada, y permitirse un descanso, cada uno de ellos se fue a hablar con las lugareñas. Eran mujeres que no tenían romances y estaban desempleadas; eran jóvenes y sumamente hermosas, sus padres se habían esmerado por darles buena educación y prevenirlas de malas relaciones. Después de haber analizado mucho, y de entender que no tenían ningún interés en rechazarlos, se marcharon hablando con ellas. Asimismo, uno de los señores se quedó hablando con Carolina. Esto disgustó a Pablo, pero no habría podido hacer algo al respecto: él disimilaba sus sentimientos hacia Carolina, no era capaz de demostrar que ella le gustaba. Por otra parte, se acordaba de que su cara había sufrido un cambio muy negativo. La nueva cara espantaba. Algunos de sus amigos decían que la nueva cara de Pablo le había arreglado el corazón.

Ese fue el tema de conversación de los cuatro amigos apenas llegaron a casa: los nuevos romances. Desde esa noche, cada uno se hizo ilusiones con las cuatro mujeres. También Carolina comentó, estando sentada para almorzar, que, pase a que el señor era simpático, ella no se iba desviar por un recién llegado. Estas palabras hirieron a Pablo, pero al poco tiempo sanaron y volvió a respirar tranquilamente.

Los cuatro amigos comenzaron a salir con las nuevas mujeres, llamadas Samirna, Heidi, Lavy y Joha. Respectivamente, Heidi con Jaime, Lavy con Fabio, Joha con Rubén y Samirna con Julio. En un par de meses ya todos estaban enamorados, y cada uno decidió vivir por separado, pero manteniendo la unidad como equipo. Mientras tanto, Carolina seguía firme y sola, y Pablo aceptó las condiciones de sus trabajadores y amigos:

—Fue muy triste para todos terminar con una hermandad tan cercana, pero las circunstancias nos obligaban a estar separados… en algún momento, esto se daría —decía Julio.

CAPÍTULO XI

Lo que hubo después del amor

A medida que empezaron a formarse futuras familias en el pueblo, la comunidad comenzó a acostumbrarse a los nuevos habitantes. Se debía, un tanto, a que ellos se hubiesen comportado bien, y porque habían sido respetuosos con sus costumbres, a pesar de que lo único que tenían en común era la nacionalidad y el idioma. Lo demás era totalmente diferente, como su alimentación, su cultura, sus creencias, el clima al que estaban habituados y su idiosincrasia. Ellos, a pesar de las diferencias, eran tolerantes.

Nuevas parejas comenzaron a armarse. Aunque Heidi se veía muy enamorada de Jaime, le preocupaba que en cualquier momento la mina se acabara y quedaran en quiebra. Esto le daba vueltas en la cabeza, hasta que alguna vez decidió preguntar:

—Amor, ¿de qué vamos a vivir cuando se acaben estas tierras? —y agregó—: Tú sabes que el oro no es renovable.

—Ten esto en la cabeza —le dijo Jaime—, porque yo sé qué te ha estado preocupando. Yo te amo, y ese es el primer indicio de que buscaré la manera de sobrevivir. Con el dinero que ahorremos, podremos comprar tierras y vivir de ellas, o del ganado que comencemos a criar para cuando se acabe la tierra. Por eso los pueblos mineros sufren tanto, porque cuando hay mucho se gasta demasiado, y luego no se tiene nada.

—Desde hace un tiempo estoy preocupada, y esto impide nuestro matrimonio —prosiguió diciendo ella.

—Mi amor por ti es tan grande que no tendrás ninguna necesidad —afirmó Jaime—. ¡Ni tú, ni nuestros futuros hijos padecerán necesidades! —y poéticamente le dijo—: Si tengo que bajar la luna para que alumbre tu belleza, lo haré. Si tengo que transportarme a otro planeta para conseguir un trabajo, y poder darte todo lo que necesites, lo haré. Yo te amo como jamás he amado, ¡te amo más que a mi propia vida! Tú me enseñaste lo que significa ser un hombre de verdad. Entendí que un varón no es el que anda con un arma, sino aquel que se sacrifica por el amor de una mujer, la valora y la hace sentir como una reina, aunque viva en un pesebre.

Estas palabras hicieron que Heidi llorara y le diera un beso, el cual hizo que sus dos corazones latieran con tanta intensidad que ambos se asustaran.

Una mañana, mientras Heidi caminaba, se encontró a Lavy y le contó la declaración de amor de Jaime hacia ella.

—¡Me alegra por ti! —expresó Lavy—. Pero, en cuanto a mí se refiere, Fabio se ha dedicado a beber mucho licor, y mi padre le ha prohibido que me visite. Él no quiere un alcohólico para la hija que con tanto esmero se ha esforzado en criar.

—Y, ¿tú que piensas de eso? —preguntó Heidi.

—Mi papá tiene razón —dijo Lavy entre sollozos—. Y, sin embargo, Fabio es mi vida. Si dependiese de mí, pese al amor que profeso a mis padres, me «volaría» con Fabio. ¡Nunca pensé que el amor me llegaría de esta manera! ¡Tan fuerte! En los momentos en los que no lo veo, no puedo comer o dormir, sino llorar todo el día… Me despierto en las noches, con la esperanza de conciliar el sueño, ¡pero es imposible! Y al día siguiente, si lo veo, aunque sea a lo lejos, mi corazón y mi alma se compaginan, y siento la necesidad de abrazarlo y besarlo —y agregó—: Aun así, mi padre tiene la razón.

—¿Por qué no intentas verlo en la mina y tomarte un tiempo para hablar con él? Es posible que así los dos se entiendan.

—Lo voy a intentar —respondió Lavy—. Gracias, amiga.

Cada una tomó un rumbo diferente.

El día siguiente era lunes, y ese día, normalmente, trabajaban hasta las dos de la tarde. Correspondía al mantenimiento de las máquinas, una labor que realizaban personas específicamente contratadas para ello, todo este trato con ternura a las máquinas para que funcionasen mejor. Pero Julio, Jaime, Fabio y Rubén, por ser copropietarios, asistían a la revisión de ellas. Una hora antes de salir, las dos amigas se dirigieron allá y vieron a Jaime y a Fabio. Estos, al verlas, dejaron todo lo que estaban haciendo para recibirlas. Jaime no cabía en sí de la felicidad. En cambio, Fabio estaba más pensativo, pues suponía que Lavy no lo quería. Heidi, en el camino, le había dicho a Lavy que no se guardara esos fuertes sentimientos, porque solo le hacían daño a la relación, además que, si no sabía manejarlos, podría darle un paro cardíaco por guardar tanto amor. Cuando llegaron, Jaime fue a hablar con Heidi en la cima de una montaña.

—Por el amor que te tengo, te bajaría la nube más alta, y sobre ella te haría un castillo de oro con paredes de cristal para que solamente yo divisara tu belleza y durmiera al lado tuyo por siempre.

—Pero yo te amo más —respondió Heidi, y agregó—: Por tu amor, convertiría en mi castillo la montaña en la que estamos, debajo de la tierra, para que ninguna mujer te mirara.

En otro espacio, Lavy le dijo a Fabio que le tenía que confesar algo. Fabio se puso nervioso, pues suponía que lo dejaría para siempre. ¡Qué agradable sorpresa se llevó!

—Por tu amor me escondería debajo de las rocas —empezó a decir ella—, donde nadie me hallase. Y, cuando se cansaran de buscarme, levantaría todas las rocas del universo por vivir contigo, ¡por darte mi amor a ti y a nadie más en este universo lleno de desamor y odio!

Fabio quedó estupefacto, no sabía qué responder. De inmediato se le salió una lágrima, pero tuvo fuerza y le dijo:

—Te amo, y a partir de mañana, jamás volveré a tomar un trago de licor.

Ambos se besaron. Desde otro sitio, Heidi y Jaime veían cómo los dos se profesaban infinito amor.

Cuando terminaron de hablar, Heidi le preguntó a Lavy cómo le había ido. Esta, con muchos detalles, le explicó, y se abrazaron de alegría las dos amigas.

—Cuando hay amor real —continuó diciendo Heidi—, tiene que haber dificultades. Pero con amor todo se puede. No puede haber barrera que el amor no salte y consiga llegar a ese corazón que ama —y preguntó—: y ¿del alcohol?, ¿qué se dijo?

Lavy le contó.

—¡Es que yo sabía que él tomaba por ti!, él suponía que tú no lo amabas. ¡Y tú pensando que él tomaba por vicio y por alejarte! Mira el problema de comunicación.

—Sí, amiga —respondió Lavy—. ¡Qué bello es el amor! —y pegó un grito que se escuchó en toda la región.

Jaime y Fabio fueron a buscarlas, pensando que había pasado algo, a lo que ellas dijeron en coro:

—No pasa nada, ¡solo que los amamos demasiado!

Fabio se dirigió a hablar con su suegro, pero no estaba. Fabio, a pesar de que eran las tres de la tarde y no había almorzado, dijo que lo esperaría. Dieron las ocho de la noche, y aunque él no había llegado, Fabio seguía esperando. Finalmente, a las 8:15 pm, llegó, y su yerno se puso nervioso. Fabio esperó quince minutos más. Su suegro le pidió que le dijera algo interesante, que él estaba cansado.

—Quiero a su hija —dijo Fabio con mucha valentía—, y por su amor jamás volveré a tomar.

—Esperemos —respondió, muy escéptico, el suegro—. Si en cinco meses no has bebido, te creo. Buenas noches —y entró.

Fabio se fue a su casa despidiéndose del futuro suegro.

CAPÍTULO XII

OTROS AMORES, OTROS PROBLEMAS

Pablo se dio cuenta que ya todos se estaban distrayendo del trabajo, entre otras cosas, porque sus propósitos iniciales se habían estado diluyendo: ya casi no quedaba nada de aquellos planes destructivos y delincuenciales que habían planeado. Estaba lejos de saber que el amor lo cambiaba todo y modificaba los planes iniciales de cualquier persona. Ahora todos pensaban más en un futuro como familia que en negocios ilícitos. El amor los detuvo en seco. Por esto, Pablo llamó a Rodolfo y le pidió que le explicara lo que estaba pasando. Él, en su sabiduría, le contestó:

—El ser humano, así como tiene tendencia al mal, también se da cuenta que esto no le produce felicidad duradera. Esa es la razón por la cual tus amigos hayan ido tomando caminos separados. Son leales a ti, pero también son fieles a las demandas del corazón, que son muy exigente.

Pablo sonrió. Mientras, tanto Carolina, desde la distancia, miraba la tristeza de Pablo por la futura ausencia de sus dos primeros amigos, que pronto se casarían con las que ahora eran sus novias. Rubén y Julio también estaban muy cerca de hacerlo. De una manera repentina, Pablo llamó a Carolina y le hizo la misma pregunta:

—¿Qué opinas de lo que está pasando?

—Es normal —dijo Carolina—. Y esto llegaría en cualquier momento, señor.

—No me vayas a abandonar —imploró Pablo.

—Jamás me iré de su lado —replicó ella, en un tono romántico y suplicante.

Esto, más que una respuesta, parecía una confesión. Pero Pablo, que se miraba al espejo todos los días, se daba cuenta de que ese piropo no era para él: su cara se había convertido en una máscara monstruosa y sin figura. Esto le bajaba el ánimo y lo hacía pensar que nunca conseguiría a una dama.

—Y pensar que había tenido muchas mujeres —solía decir Rubén, que todavía permanecía bastante cerca del grupo.

Rubén habló con el jefe y le dijo que tenía un problema con Joha, su novia; que ella lo ignoraba mucho y él solo tenía ojos para esa mujer. Ella era alta, de ojos cafés, con pecho pronunciado y un cabello corto, era sencillamente hermosa, y tenía enamorado a Rubén.

—Hazle una huelga de hambre —aconsejó Pablo.

—¿Cómo así? —se sorprendió Rubén.

—Claro. Si le haces una huelga, ella sabrá que te estas muriendo de amor. Y si te ama, volverá a ti con lágrimas en los ojos.

Rubén se sentía extrañado con tan rara propuesta, pero dos horas después de darle vueltas en su cabeza, y de haber intentado todo, asumió ese consejo y comenzó a hacer su huelga. Así que se fue al patio de su casa, se amarró, tomó una botella con agua y escribió:

Me muero y la única salvación es mi Joha, mi futura mujer, mi amada.

Esto le dio la vuelta al pueblo, y en dieciocho horas Joha fue llorando y le dijo:

—Te amo, y jamás te dejaré solo

También lo había tomado como un chantaje, pero le gustó esa prueba de amor. Eso llenaba de vanidad a todas las mujeres, las conmovía mucho y las motivaba a dar más por un verdadero cariño, pues toda esa película demostraba que ellas eran las protagonistas de un amor sincero, de un verdadero amor.

Tiempo después, los nuevos enamorados se fueron, se reunieron en la finca y se dedicaron a hacer chistes. Pero Rubén tuvo que alimentarse bien antes, porque se sentía mareado y débil por el sacrificio en busca de su idilio. No obstante, sonreía solo de saber que tenía a su amada.

—Lo que hace el amor —decía—. Gracias, Dios mío. El amor nos lleva a hacer esfuerzos sobrehumanos e impensables

Rubén, quien estaba muy feliz, le agradeció a Pablo. Y además le dijo una singularidad venida de su observación de la única mujer entre ellos:

—Carolina te mira mucho.

Pablo se puso serio y se fue. Rubén se quedó con una sonrisa de continente a continente. En ese momento, sintió que había dado un aporte a una relación que él esperaba ansioso desde hacía mucho tiempo. Tanto había esperado, que pasaba días sin dormir, pensando en cómo harían esos dos para estar juntos, y cómo sería el final de sus vidas, ¿en una familia? Se preguntaba todo el tiempo, él los apreciaba de corazón sincero.

A pesar de que el amor funcionaba muy bien, las cosas en la mina eran bastante diferente; para algunas personas estaban funcionando de igual manera, porque mientras ellos estaban buscando el amor, otros personajes no deseados los estaban robando. El grupo se dio cuenta, y Pablo sacó su vieja personalidad de ser malo e implacable. Los convocó a todos, armaron un plan y esperaron toda una noche. Mientras llegaban los ladrones, pusieron cadenas de oros, como señuelo, en un lugar visible, buscando que los facinerosos se dirigiesen a ellas y luego pudieran atacarlos. «Acabar con esto de una vez por todas», les decía Pablo.

Así pasó. Al poco tiempo, los ladrones se fueron acercando al objetivo. Se trataba de personajes del pueblo. Lo raro era que en ese pueblo nadie robaba. Sin embargo, debido a que habían llegado todo tipo de nuevas personas, algunos lugareños aprovecharon esa situación y se dedicaron a delinquir y a tener muchas mañas.

Los cinco amigos se escondieron en medio de la selva, y cuando los ladrones aparecieron, Pablo les gritó:

—¡Levanten las manos!

Estos, en lugar de obedecer, dispararon. Pablo, Julio, Rubén, Jaime y Fabio también dispararon, y dieron de baja a tres de ellos. El último se entregó. Vaya sorpresa se llevaron al saber que los ladrones eran el suegro de Julio, el cuñado de Jaime, el primo de la novia de Rubén y el suegro de Fabio. El único vivo fue el este último, el suegro de Fabio, aquel que no lo quería porque suponía que era un alcohólico.

La circunstancia pasó de una victoria en una batalla a una tristeza inmensa, todo bañado por un río de sangre que tiñó toda la quebrada, que era enorme. Todos, excepto Pablo, se echaron a llorar.

—¡Qué tragedia! —decía Carolina cuando le contaron la noticia.

CAPÍTULO XIII

PABLO SE ARREPIENTE

Pablito sintió que había cometido un error. Entonces, como siempre, acudió a Rodolfo (quien era su consejero, y mejor, como su padre), y le comentó sobre del error.

—Ahora te toca reivindicarte con tus amigos y sus esposas, ya que le quitaste un familiar sumamente cercano a cada una —aconsejó Rodolfo, quien se consideraba muy sabio.

Pablo, con su cara de monstruo, llamó a sus amigos y les dijo:

—Cometimos un error. Debemos pedir perdón y buscar la manera de reparar a las víctimas, que son sus novias.

Llamaron a Lavy, Joha, Samirna y a Heidi, y les explicaron la situación. Ellas callaron, hasta que Heidi dijo:

—No vamos a denunciarlos, porque ellos estaban robando en propiedad ajena. Aún más, ellos tuvieron la culpa: no soportaban haber sido tan pobres y decidieron buscar el dinero fácil, ¡vaya manera de ganarse la vida!

—Ellos armaron un plan sobre cómo robarlos —prosiguió Lavy—, y nos utilizaron, porque, de manera poco ortodoxa, nos sacaron información de la mina. Luego, organizaron toda una estratagema con los datos que les dábamos. Sin nosotras percibirlo.

—Ellos tenían todo bien pensado —añadió Joha—. Yo había notado algo raro en él, pero jamás me percaté que quería robar la empresa donde trabajaban nuestros futuros esposos.

Pablo aceptó que no lo denunciaran y pidió perdón. Esto fue lo más inimaginable para los cinco amigos: ver a Pablo pidiendo perdón cuando mataba sin compasión. Sobre todo, después de haber dicho que, luego de la muerte de sus padres, evento que jamás se confirmó, no tendría piedad con nadie. Pero ahora se contradecía.

Un día más tarde, todos atónitos y cabizbajos, decidieron enterrar los cuerpos y decir que fue un grupo ilegal, para que los cinco amigos no terminasen en la cárcel. Cuando el papá de Lavy salió del hospital, este confirmó la teoría de sus novias, y dijo que primero pensaban robar, luego comprar armas y por último secuestrarlos, dejarlos sin nada y sacarlos del pueblo. Finalizó su discurso diciendo esto, entre llanto:

—Ya la ambición se había apoderado de nosotros —y lloró.

Dos semanas posteriores al hecho, Pablo, por medio de Carolina, llamó a Adriano, el padre de Lavy, para que se uniera a ellos. Tan pronto se recuperó, pasó a ser parte del equipo. Rodolfo le dio una palmada a Pablo y le dijo:

—La maldad del hombre no tiene límites, pero el amor y la bondad son valores universales —y continuó—: Yo cometí un error al educar a mi hijo, y solo espero que alguna vez me perdone.

Todos se fueron a casa después del funeral, que duró poco, pero guardaron setenta y dos horas de duelo. Este pueblo tenía la cultura de esperar a que el muerto subiera al cielo. Tomaba tres días, y si no mantenían estos días, que correspondía a un día por difunto, irían al *Seol*, o lugar oscuro de perdición.

Ahora no había nada más que esperar para Rubén, Jaime, Fabio y Julio. Por eso, a los seis meses, cada uno decidió casarse (matrimonios civiles), y comenzar a vivir una vida de ensueño. Eran muy felices con esas preciosas mujeres, a quienes adoraban.

Una noche, mientras Fabio hablaba con Rubén, le preguntó:

—¿Qué se siente tener contigo a la mujer que amas con todas tus fuerzas?

—Me siento un hombre pleno —dijo Rubén—. Nunca pensé que el amor hiciera esto en mí, y menos que lo encontraría en tierras tan lejanas.

—Yo soy único en la vida —expresó Fabio—, y le pido perdón a Dios por tanta gente cuya familia destruí. Ahora reconozco el daño, y veo que el amor y la vida son irreemplazables —y después de esto, cada uno se fue a acostar al lado de su esposa.

Al día siguiente, Pablo, al dirigirse a la mina, se enteró que Rodolfo estaba muy enfermo. Rápidamente lo llevó al médico. Esa enfermedad lo hizo sufrir. Pablo ya lo quería como a un padre. De hecho, Pablo decía que se parecía a él cuando tenía su rostro normal. Aquel día, Pablo se dio cuenta que Carolina lo miraba mucho. Ya en el hospital, le aconsejó irse a casa mientras ella se quedaba. También lo abrazó con un movimiento involuntario, pero después le ofreció disculpas por haberlo tocado sin querer hacerlo. En ese momento, Rodolfo confirmó sus sospechas, pues estaba viendo toda la escena.

—Estoy bien, vete a casa—dijo Rodolfo.

Pablo se fue con Carolina. Naturalmente, no hablaron nada en el camino. Al llegar, él la abrazó y ella se erizó, pero todo fue pasajero y lo tomaron como unas «buenas noches», en demostración de buenos modales.

Ella no durmió esa noche. No «pegó el ojo» por pensar que Pablo la amaba y que ella estaba loquita por él. En todo caso, sabía que no podía confesarlo, porque Pablo seguía siendo un tipo de una línea dura. Por su parte, él estaba en su alcoba, y el ruido de la quebrada que pasaba cerca era lo único que, por momentos, detenía sus pensamientos, los cuales estaban inclinados hacia Carolina, la cual se la imaginaba en un altar diciéndole sí te acepto como mi esposo.

Al amanecer, Pablo les dijo a todos que no descuidaran el trabajo, porque, aunque fueran amigos, los echaría a la calle si no producían: sus nuevas vidas no podían intervenir en la producción de la empresa. Pablo tenía una idea bastante y notoria del capitalismo.

—Sí, señor. Entendemos —dijeron los cuatro amigos y tomaron rumbo a sus lugares de trabajo, pues siempre habían sido responsables.

Estaban tan enamorados que no les interesaba nada, ni el trabajo, excepto sus amadas, que los trataban con mucha ternura y mucho amor. Eran como niños estrenando juguetes… ellos jamás habían recibido ese tipo de cariño, ya que no habían sido criado por sus padres.

—No cambiarían sus vidas por ninguna razón —decía Samirna mientras visitaba a Joha.

Un día, Carolina le preguntó a Pablo cómo seguía don Rodolfo.

—No lo sé —respondió.

—¿Puedo ir a saludarle? —prosiguió ella, y él aceptó.

Cuando ella llegó al hospital, Rodolfo le dijo que ya estaba recuperado, y que no se preocupara. Carolina le dijo cuánta falta le hacía en la empresa.

—Y también te hace falta el amor de Pablo —respondió él.

Ella enmudeció y agachó su rostro. Rodolfo la tomó del mentón y le dijo:

—No te preocupes, uno no se enamora por su propia voluntad, sino que el amor viene cuando menos se espera y con quien nunca se cree. Esa es parte de mi experiencia en el amor.

Ella permaneció callada, pero luego agregó:

—Lo amo a pesar de su dureza y del problema en su cara. Lo amo, no puedo vivir sin él. Te lo confieso a ti.

—¿Él lo sabe? —preguntó Rodolfo.

—Ni siquiera lo sospecha —respondió Carolina—. Así que no hay nada que hacer.

—Paciencia… Mucha paciencia, Carolina —dijo Rodolfo—. Él será tu esposo, y lo sabrás pronto —sonriendo, comenzaron a salir del hospital, hablando como si tuvieran la misma edad y el mismo conocimiento, pero no se puede negar que se tenían el mismo cariño.

CAPÍTULO XIV

Unas muertes casi anunciadas

Cuando Rodolfo salió del hospital, recomendó a Jaime tener mucho cuidado con las paredes de tierra en la mina o comúnmente llamadas en el pueblo como barrancas, porque, si no sabían cómo trabajarlas, tendrían un accidente. Jaime fue con sus compañeros y les previno, pues ellos confiaban en Rodolfo. Todos se dirigieron a la mina con mucho cuidado, aunque veían que la gente del pueblo se apresuraba por conseguir el ansiado metal precioso. Casi todos lo hacían, como doña Olga, que le decía a doña Laura:

—Tengo que trabajar así de fuerte, porque mis tres hijos necesitan sus útiles escolares y ropa para reemplazar la que ya está desgastada, además que ellos comen demasiado... aunque tengo que reconocer que muchas veces solo pueden comer una vez al día. Por eso, debo asumir el riesgo en este lugar.

Pablo escuchó cuando las dos mujeres hablaban. Y también escuchó a otra mujer decir:

—Si no trabajo asumiendo riesgo, no tengo para comprarle la ropa de diciembre a mis siete hijos. Por eso debo madrugar todos los días, al menos hasta que todos sean hombres y puedan irse a la ciudad, ya sea a estudiar o a buscar un futuro mejor. Esto lo hizo recordar su vida de infante.

Tiempo atrás, cuando Pablo apenas había llegado al pueblo con la maquinaria, Rodolfo le explicó cómo era un pueblo pequeño, en el que, además, no había mucha agricultura, ni era un sitio que produjera dinero por medio de otros productos o actividades. Le había recomendado que, cada tres días, le diera la oportunidad a la gente para que trabajara; de esa forma no lo criticarían mucho, y las familias tendrían una fuente de ingresos para sobrevivir. Pablo aceptó y prometió dar un día para que, todo el que quisiera, fuera a la mina a buscar oro y pudiera llevar dinero a casa, pero siempre «bajo su propia responsabilidad».

Mientras Pablo y Rodolfo discutían sobre cómo permitir trabajar a la gente del pueblo, y sobre cómo habían ganado tanto dinero en tan poco tiempo, comenzó a llover. Pablo le ordenó a Rodolfo ir a sacar unas cuentas, ya que no quería mojarse y llegar demasiado empantanado. Ahora bien, la gente, por su parte, no sabía qué hacer: estaban sacando mucho oro y esto los alegraba. Tenían tres días sin poder ir a la mina, y lo harían incluso con la lluvia a sus espaldas. Ellos sabían lo que significaba que hubiese lluvia fuerte azotando paredes de tierras blandas, pero asumían el riesgo por la necesidad de sobrevivir, y, en algunos casos, por la ambición. Todo parecía normal, pero la lluvia era cada vez más agresiva.

Repentinamente, sonó un rayo, como diciéndole a la gente que parara. Pero el frenesí era tan alto que nadie escuchó. Comenzó a llover mucho más fuerte, parecía que cayeran pedazos de lluvia del cielo.

—Mijo, vámonos —dijo una señora a su hijo—, porque esto no me gusta.

—¡Usted es demasiado miedosa! —respondió el hijo, pero obedeció y se fueron,

Doña Olga, que ya sabía lo que podía pasar, llamó a sus vecinas y estas salieron tan pronto como lo permitieron sus pies. Parecían retroexcavadoras cuando sacaban sus pies del pantano, y muchos corrían como si fuese el último día de sus vidas. De pronto, sonó un estruendo que impactó todo el pueblo, y dañó los oídos de todo ser presente en ese pueblo. Se oyeron unos gritos que decían «¡ayúdenme!», pero ya no se podía hacer nada. La tierra le cayó a centenares de mujeres, hombres y niños muy pobres, que solo querían encontrar oro para vivir. «Pero que, buscándolo, encontraron la muerte» redactaba el acontecimiento un señor que sobrevivió. Murieron siete personas. Entre ellos, dos niños. Lo más triste era que nadie, en el resto del país, se había enterado del catastrófico acontecimiento, pues era una región muy olvidada de la periferia del país; por lo tanto, ambulancia ni carros de bomberos jamás llegarían.

Pablo estaba en casa cuando Fabio y Julio aparecieron y le contaron. Cayó sentado y con la boca abierta. Tan abierta, que Carolina se percató que su rostro podía tener arreglo, porque su boca había mostrado una extraña pero bonita expresión y tomado la forma que tenía antes, pero él no lo notó. Carolina se alegró por su nueva expresión.

Ese día pararon las máquinas y Pablo empezó a hacer un monumento a las víctimas. Además, sin tener la obligación, dio tres millones de pesos a las familias y corrió con todos los gastos fúnebres.

La que era alcaldesa para ese entonces decretó siete días de duelo, en memoria de sendas muertes, y dijo que jamás se trabajaría cuando lloviese, y que debían poner un aviso muy claro y sobresaliente cuando hubiese algún riesgo por deslizamiento de tierra.

Heidy y Lavy estaban muy tristes. Todavía no se reponían del acontecimiento en el que murieron y resultaron heridos sus familiares.

—¿El oro está maldito o es que nosotros no tenemos derecho a vivir felices? —cuestionaba Lavy—. ¿Tenemos que aguantarnos la pobreza?

—Dios es justo —respondió Heidi—, y si ese infortunado suceso viene de él, él mismo nos dará consuelo y permitirá que, a partir de este infortunio, aparezca su gracia y su misericordia —y agregó—: Nunca dudes de Dios.

Se retiró, dejando sola a Lavy, quien estaba pensando en las palabras de su amiga, pero no dejaba de llorar y de imaginarse lo que habría pasado si su esposo hubiera estado allí: «moriría con él», se repetía, no soportaría su ausencia. Al poco rato llegó su amado y la acompañó. Ella lo abrazó y lo besó como nunca. Era como si Dios le hubiera devuelto la vida a su marido.

El lugar fue clausurado y llamado «Mata Siete». Pablo cumplió con entregar el dinero prometido, con lo que estas familias mejoraron sus viviendas. Aún más: les alcanzó para comprar un terreno y construir casas humildes. Y, al mismo tiempo, les sobró dinero para comprar comida para casi dos meses.

Carolina, a solas, le comentó a Pablo que el pueblo agradecía su gesto, y que desde ese momento lo consideraban un miembro más de la comunidad, por haber mostrado nobleza y generosidad.

—¡Y tu boca ha cambiado! —terminó puntualizando.

—Sí —respondió fríamente.

—¿Qué te sucedió? —demandó ella.

—¡Es una larga historia! —respondió y se despidió—: Hasta mañana.

CAPÍTULO XV

Pablo decidió darse una oportunidad

Pablo se sentía muy triste por ese trágico hecho, el cual había involucrado a siete personas y tenía al pueblo de luto. En honor a estas muertes repentinas, el pueblo entero vistió únicamente de blanco y negro por quince días, y no se escuchaba ninguna clase de música u otro tipo de fiesta que pudiera interferir con el sentimiento que toda la comunidad tenía en su corazón. Porque, a pesar de que el pueblo había estado modificando parte de su cultura y forma de actuar, las personas no cambiaron. «Los pueblos no cambian su manera ancestral de vivir de manera repentina, ni la globalización logra cambios extremos» decía Pablo a alguno de sus amigos, cuando veía cómo el pueblo se mantenía en silencio pese a que después de su llegada nuevos horizontes habían empezado a abrirse.

Carolina permaneció en la casa por siete días, ella tenía que llevar la administración de la mina. Sin embargo, esos días no había necesidad de esforzarse demasiado, y ella, con la aprobación de su jefe, les dijo que quedaban de vacaciones por la situación presentada. Así que Jaime viajó a su pueblo con su esposa, y los demás decidieron darse una vuelta por Colombia, ya que contaban con buen dinero para hacerlo. Y, sobre todo, porque les urgía volver al pueblo que los vio nacer: Puerto Carreño, mi tierra decía Julio, la tierra que la bañan ríos, la tierra que respira joropo, la tierra de mis ancestros, la tierra que limita con mi hermana Venezuela.

Cuando Carolina se enteró que Jaime iba a su natal Puerto Carreño, aprovechó y le mandó a decir a sus padres que estaba muy bien, que Pablo estaba en las mejores condiciones y que se veía un cambio en él. Además que estaban dedicados a negocios más lícitos: a la minería. También decidió mandarles diez millones de pesos para que emprender cualquier actividad económica.

Cuando Julio llegó al pueblo, la gente lo recibió bien: él era el único que no tenía enemigos allá. Habló con los padres de Carolina, quienes se pusieron muy felices. Lloraron cuando les entregaron el dinero, jamás habían visto tanto dinero junto. Compraron comida y decidieron poner una tienda para sobrevivir. Su hija les había enviado la idea de un posible negocio, el cual hicieron. Aún eran jóvenes y tenían dos hijos más jóvenes que Carolina.

—Este dinero fue recibido como una caneca de agua en pleno desierto, después de tres días sin beber algún líquido: una gran bendición —decía su padre. Fue un hecho que marcó sus vidas, y les recordó cómo habían criado a su hija.

—Llena de valores y principios, una niña a la que, desde el inicio, le enseñamos a ser generosa. ¡Qué bien la criamos! —dijo la madre de Carolina a su esposo. Y, dirigiéndose al portador de las buenas nuevas—: Muchas gracias, Julio.

Este último se fue a seguir recorriendo su pueblo, tal y como un niño con un juguete a control remoto. Presentaba a su esposa y le enseñaba de la cultura de su pueblo, que era casi de dos países vecinos: Colombia y Venezuela y de esta manera pasaban sus vacaciones en su pueblo natal y para ella en una nueva cultura.

Volviendo al pueblo minero, Pablo dijo:

—Bien, estamos solos. ¡Dediquémonos a ver televisión!

—¡A mí me gustan los cuentos infantiles! —respondió su secretaria, y Pablo no quiso llevarle la contraria. Decidieron, pues, prender la televisión local y ver un cuento de fantasía, amor y ministerio, pero con un hermoso final.

Pablo lloró al ver cómo una mujer transformó la vida de un hombre después de haber llevado una vida tortuosa y de sufrimientos. Él se reflejaba en ese cuento, que, al parecer, Carolina había puesto con una finalidad.

Carolina lo miró y lloró, pero no lo hizo notar. El cuento era muy hermoso, representaba una vida de sufrimiento y de amor que al final ganó la felicidad. Rodolfo, quien observaba todo, reflexionó, diciéndole a Carolina:

—Pero se tuvo que pasar por un valle de lágrimas y de penumbras para obtener la razón de ser de todo ser humano, para obtener la plena felicidad. Ésta, en muchas ocasiones, es como una flor: viene con espinas y hay que saber quitarlas para no dañar lo esencial.

Pablo pretendió despedirse, pero Carolina lo detuvo.

—Dime, ¿qué te pasó? —le preguntó.

—Yo era muy malo —empezó—, y tú lo sabes. Entonces, para que nadie me reconociera, me cambié el rostro. Pero el médico era un fullero, no hizo su trabajo como debía. Además, violó a mi hermana. Todo terminó mal: mi hermana desflorada, mi rostro destruido y el médico en el cementerio.

—¿Lo mataste?

—No se merecía menos, y tampoco estoy compungido.

—¿No has pensado cambiar tu rostro? —continuó interrogándolo.

—No —respondió inmediatamente—. No, porque representa mi vileza y los homicidios que he cometido. He sido muy infame, y por eso tengo bien merecido mi semblante.

—Pero eso no es así —lo atajó—: hay gente mala que cuyos rostros son angelicales. La maldad se lleva por dentro, y no podemos pensar que lo exterior representa nuestros corazones o nuestros sentimientos.

Rodolfo, que escuchaba todo, le gritó:

—¡Uy, Caro, ¡cómo has aprendido!

Esta sonrió y prosiguió:

—Inténtalo. Date la oportunidad.

Pablito se puso muy serio y se fue a su habitación. Durante la noche, no concilió el sueño.

—Sé que no pudiste dormir —le dijo Rodolfo por la mañana—. Te conozco y sé que te incomoda tu apariencia, pero no quieres aceptar que ya no eres un facineroso. Eres un nuevo ser humano, y ahora está saliendo a florecer la parte dulce de ese niño que criaron con egoísmo, pero con amor Gabriela y Rodolfo, tus padres.

—¡Qué vida la mía! —susurró Pablo.

—¡Ya no somos bandidos! —insistió Carolina—. Somos personas que han hecho el bien, y esta gente nos ha enseñado a valorar la vida —y prosiguió—: ellos, en medio de su pobreza, viven alegres y tranquilos; aunque en el resto del país no los reconozcan como parte de la nación; aunque no tengan buenos hospitales, clínicas, parques, canchas deportivas y calles pavimentadas, o agua potable, gas natural, escuelas importantes y universidades, y otras muchas cosas de las que goza el resto del país. Ellos nos están demostrando que se puede ser feliz con poco, y que muchas veces la abundancia trunca el buen vivir y el vivir en paz.

—¿Qué se han propuesto? —empezó a sospechar Pablo— ¿Qué quieren?

—Es una buena pregunta —reconoció Carolina—. En una hora viene el médico a tomarte unos exámenes, para saber si te puede operar.

—¿Cómo así? —dijo Pablo, muy confundido—. ¿Quién lo ordenó?

—Fui yo —respondió Carolina de forma muy enfática—, que te lo quise regalar como muestra de buena voluntad, y de lo bueno que has sido para el grupo y los habitantes de este pueblo. Por lo tanto, no te puedes negar.

—Es mucho dinero —expresó Pablo.

—Sabes que nos ha ido bien, y si la felicidad se pudiera comprar con dinero, yo daría todo lo que tengo por obtenerla. El ser humano, con sus errores y muchos defectos, solo busca ser feliz, esa es su esencial y si puedo devolverte un pedacito de felicidad, lo haré con mucho gusto y se vio en ella una alegría natural.

Al otro día llegó el médico y le hizo los exámenes de rigor. Ya al final, luego de una pausa larga, confirmó:

—Lo opero mañana. Y no se preocupe, que ya sé la historia que tuvo con otro cirujano. Pero esta vez usted va a ser operado por un cirujano real y su equipo. Además, somos los mejores médicos cirujanos plásticos estéticos del país —y agregó—: Usted no lo sabe, pero llevamos aquí dos semanas, mientras Carolina buscaba la manera de convencerlo. Estábamos a punto de desistir de este tratamiento plástico.

Pablo quedó estupefacto. Pasaron veinticuatro horas y el jefe de Carolina fue operado. Quedó mejor que antes, cuando era joven y no le habían hecho la primera cirugía. Carolina, orgullosa, lo fue a visitar y lo invitó a levantarse. Pablito tenía miedo de verse en el espejo, pero ella tomó uno y se miraron los dos. Él fue el primer sobrecogido por tan angelical rostro. Le dio un abrazo. En ese momento, entró Rodolfo.

—¡Uy, que nos parecemos los dos! —dijo Pablo

—No tanto como yo pensaba —replicó Rodolfo. Se rieron y salieron de ese recinto, no sin antes darle una buena paga al médico y mucho agradecimiento.

CAPÍTULO XVI

EL NUEVO ROSTRO DE PABLO

Pablo estaba feliz cuando llegó a casa. Llamó a Carolina y le preguntó:

—Ese cuento que vimos en la televisión tenía algo que ver con mi decisión y con esta operación, ¿no es así?

—Sí —respondió ella—. Hace seis meses contacté por primera vez al cirujano y su equipo. Tuve que hacerlo con mucha anticipación, para que pudiera traer todos los implementos de la operación. También, en ese momento contacté un canal de televisión y le pedí que pusiera un cuento con características similares. Como sabía que te quedaban en casa los domingos, supuse que lo verías. Si te acuerdas, escribieron «dedicado a Pablo» en la parte inferior de la pantalla, al final del cuento —prosiguió la enamorada mujer—: Pagué mucho dinero, pero funcionó.

—Yo no vi esa dedicatoria, porque me puse sentimental y mi mente y mi pensamiento se nublaron. Realmente, uno ve con los ojos. Ahora recuerdo esas palabras.

Después de estas confesiones, cada uno se dirigió su respectiva habitación a esperar el nuevo día, pues todos los que habían viajado debían llegar, y tenían que llamar al personal para tomar labores nuevamente.

Pablo estaba en una guerra en la que habían matado a todos sus amigos, incluyendo a Carolina. Él imploraba que no lo hicieran, pero los asesinos le recordaban que él había asesinado a mucha gente, y afirmaban que él tenía que ver morir a los seres que más quería, y que él sería el último. Pablo rogó que no lo mataran, y por su mente pasó todo el daño que había hecho.

Este recuerdo le dio fuerza para aceptar que la vida le estaba dando de su propia medicina, a pesar de que se estaba alejando de la delincuencia. Cuando estaban a punto de matarlo, escuchó una voz que le preguntó:

—Pablo, ¿te pasa algo?

—No —respondió él—, solo es una pesadilla.

—Gritabas como un loco —dijo Carolina.

—Perdón, no quise asustarte —replicó Pablo.

Al otro día, sus amigos empezaron a llegar. El primero en entrar a la casa fue Julio, quien preguntó a Rodolfo:

—¿Dónde está nuestro jefe?

—Míralo, allí —dijo el viejo Rodolfo.

—No bromees —insistió Julio. ¿Se fue a la mina?

—Es cierto, compañero —agregó Carolina—: él es nuestro jefe.

—¿Cómo así?

—Sí. Él se sometió a una cirugía, y su cara volvió a la normalidad.

Julio fue, lo abrazó y bromeó:

—La gente decía que usted era un monstruo con dinero —dijo entre risas.

Una hora después, llegaron Fabio y Jaime. Este último saludó y abrazó a Julio y a su esposa, y a Carolina y a Rodolfo, a quien preguntó:

—¿Cómo van esos consejos, viejo sabio?

—Todo es experiencia —respondió este.

Luego le dio un abrazo a Jaime.

—¿Cómo te fue? —le preguntó.

—Mi esposa y yo disfrutamos como no lo habíamos hecho en dos años —contestó Jaime—. Ella es mi reina y la ilusión de mi vida.

Todos se pusieron a reír. Al final saludó a Carolina y le preguntó si lo había extrañado.

—No, pero la pasé muy bien sin tu desorden —dijo con un semblante serio.

—Y ¿no vas a saludar a nuestro jefe? —preguntó Julio luego de unos instantes.

—A su sombra, cuando vuelva —dijo Fabio.

—¡Míralo! —exclamó Julio.

—Deja de hacer chistes —contestó Fabio—, que el jefe es un monstruo con mucha simpatía y generosidad.

—No hables mal del que crees que no está —dijo Rodolfo—, pues puede estar presente, y te puedes llevar una sorpresa —y agregó—: Él es nuestro jefe. Carolina lo sorprendió con un médico, quien lo operó.

Fabio se quedó callado y con la boca muy abierta. Se llevó una sorpresa grande y positiva. No dijo ni una palabra, solo abrazó muy fuerte por unos instantes a su jefe.

—¡Tú sí sabes amar! —le dijo a Carolina.

Cuando ya estaban a punto de irse, Rubén llegó y los saludó a todos con un abrazo. El primero al que saludó fue el jefe.

—¿Cómo lo reconociste, si está diferente? —preguntaron todos.

—Por la ropa, la forma de caminar y la mirada —respondió él—. Además, yo también fui parte de la planeación de su cirugía —todos rieron, y él dijo—: Definitivamente eres una nueva persona, tanto externa como internamente.

Todos se fueron a sus hogares a prepararse para ir a su sitio de trabajo. Rodolfo pidió al personal que alistara sus herramientas, y que fuese puntual para asistir. Sin embargo, primero recomendó Pablo que no se entrara solo, ya que podría causar confusión por su nueva imagen, y los vigilantes podrían dispararle, pensando que era un delincuente.

Pablo siguió el consejo y llegó cuatro horas después acompañado de Carolina. Ya en el sitio, ella se posó en el pico más alto y se dirigió a los trabajadores:

—El jefe Pablo les va a hablar.

—Dirás «El del Rostro Raro» —exclamó uno de los trabajadores, de manera naturalmente dura y sin pensarlo. Todos se rieron, porque en realidad Pablo era un esperpento antes de la segunda cirugía, y parecía un facineroso por sus rasgos faciales.

—Nunca te fijes en las características físicas de las personas —exclamó Rodolfo—, puesto que las apariencias pueden estar lejos de nuestras buenas o malas intenciones.

Todos callaron, y el trabajador enmudeció de vergüenza.

—Por favor, escuchen —dijo Carolina.

Todos se miraban, y se podían escuchar fases como «¿se fue el patrón?», «¿quién es ese señor?».

Y Pablo, que escuchaba sin pronunciar palabra alguna, dijo:

—No me he ido solo, me quité un viejo rostro que representaba la injusticia, la maldad, la demencia y la criminalidad. Pero ahora quiero ser una persona diferente. Te lo demostraré a ti, que me insultante —el trabajador se asustó, pero el jefe agregó—: Ya olvidé ese comentario, y te perdoné —prosiguió—. Como ven, tengo un nuevo rostro.

Los más de noventa trabajadores aplaudieron tanto que se escuchó en todo el pueblo y sus alrededores. Tuvo que haber sido demasiado fuerte, teniendo en cuenta que la mina quedaba a veinte kilómetros del centro del pueblo. La gente se preguntaba qué estaba pasando, nunca se imaginaron que eran aplausos por el nuevo rostro de Pablo.

—Mientras Pablo se instala, todos vamos a seguir trabajando. Si son eficientes recibirán premios. Por favor, vuelvan a sus labores. Gracias.

—Este discurso es muy diferente, comparado al que hizo cuando llegó y nos hicieron firmar el contrato —dijo uno de los trabajadores.

Al regresar a la casa, Rodolfo, Pablo y Carolina se sentían muy emocionados por todo lo que estaba aconteciendo. No obstante, ella se sentía un poco triste, al punto que entró en su habitación y entró en depresión: ella consideraba que, después de eso, Pablo la miraría como a una empleada más.

El gran jefe se comportó de forma extraña por muchos días, y empezó a tratar con gente que ella no conocía. Esto le hacía pensar muchas cosas negativas. Resultaba obvio que tenía celos, temía que le quitasen a su amado. Ahora su felicidad se convertía en incertidumbre y en pensamientos a favor y en contra de la operación.

Cierto día, Pablo salió muy bien vestido. Una chica lo recogió, luego salieron a caminar y a platicar. Ella le mostraba y le decía algo. Aquella mujer no parecía del pueblo, estaba muy bien arreglada y vestía diferente comparado como vestía la gente del lugar. Entre otras cosas, porque ellos eran muy sencillos e informales, y la reciente amiga de Pablo usaba botas y chaquetas, como si viniera de una región donde el clima fuese frío. Carolina infirió que era su novia. Se miró al espejo, y, cuando vio que su imagen no era tan agraciada por la herida que atravesaba su cara, lloró de manera desconsolada. En ese momento, Rodolfo entró y le dijo:

—Ten paciencia, Pablo será tu esposo.

Esta lo gritó y lo sacó de su habitación, y este agregó:

—Yo no sé por qué te lo digo, pero lo creo —y se fue a realizar otras labores.

CAPÍTULO XVII

El secuestro de Carolina

Luego de cinco horas, Pablo llegó con esa mujer esbelta y de piernas largas, cabello liso, cara estrecha (que compaginaba con su cuerpo), ojos claros y una espalda que llamaba mucho la atención. Sin duda, era una mujer hermosísima. Entró a la casa, saludó a Carolina y de inmediato entró a la habitación de Pablo. Estando allá, hablaban y se mofaban de diferentes cosas que les habían acontecido. Carolina no se aguantó: interrumpió, entró y preguntó:

—¿Necesitan algo?

—No, no te preocupes. Tómate el día libre —dijo Pablo calmadamente.

Estas palabras le dolieron, pero se fue lejos. ¡Quería estallar! Entretanto, sopesaba su error de haber ayudado a su jefe a cambiar de rostro. Se mordió tanto el labio que botó sangre, y la herida en la cara aumentó. Ella no sintió nada, solo padecía del dolor en el corazón.

Luego de vagar y volver a casa, vio a unos hombres muy raros y encapuchados con armas. Repentinamente, se la llevaron, le taparon la cara y le dijeron que se quedara callada, que solo querían usarla para sacarle dinero a su empresa. Le preguntaron dónde guardaba el jefe su dinero, y ella, que siempre era leal, no les dijo. Entonces, los enfurecidos hombres la golpearon hasta que perdió el conocimiento.

—Nos toca usar la segunda opción —dijo uno de ellos—: pedir rescate por ella —los otros estuvieron de acuerdo.

Pablo salió a la puerta. Al no ver a Carolina, se dijo: «ella tiene pocos amigos… ¿por qué no ha regresado?». Encomendó a Jaime, a Rubén, a Fabio, a Julio y a cincuenta hombres que la buscaran. Él había escuchado voces de auxilio, pero, como estaba dedicado a otros menesteres, no prestó atención. Les dijo que si no la encontraban, no regresaran, porque era capaz de cualquier cosa con sus vidas.

Las cincuenta y cuatro personas se fueron, armadas, a buscarla, pero fue infructuoso. Sabían que no podían regresar sin ella.

—¿Les parece que la secuestraron? —preguntó Rubén.

—No creo —respondió Jaime.

—¿Y si se fue con un hombre? O sea, su novio —adivinó Rubén.

—Nadie se iría con Carolina —respondieron los demás—. Ella no es agraciada, y tampoco le hemos visto novio o amigos.

—Entonces, ¿qué hacemos? —preguntó Julio—, ¿vamos a seguir buscando?

—No hemos comido nada —dijeron algunos de los cincuenta hombres.

—O vamos o se quedan asesinados, aquí, por nosotros —exclamó Rubén. Ellos enmudecieron y decidieron avanzar.

Después de caminar, sin comida, durante tres días, hallaron una mujer, quien les dijo:

—Tomen agua. ¿Ustedes vienen de parte del señor Pablo?

—¿Por qué lo pregunta? —respondieron con desconfianza.

—Si vienen de parte de él, tomen todas las frutas que necesiten —replicó ella—. Él me ayudó cuando mi hijo murió. Además, nos dio dinero para comprar esta casa. Sembré muchos árboles frutales, así que todo es de ustedes, también les pertenece —ellos, que tenían mucha hambre, comieron hasta saciarse.

—Nos vamos a separar y nos volveremos a encontrar aquí en diez horas —propuso Julio. Cada uno se fue con doce o trece hombres, y se repartieron la búsqueda en toda la zona selvática y montañosa.

Antes de irse, le agradecieron a la señora. Le dijeron que volverían a encontrarse allí. Ella estuvo de acuerdo y encantada de ayudar a encontrar a Carolina, a quien había conocido en un momento muy triste de su vida.

Mientras tanto, Pablo y Rodolfo estaban intranquilos. Aquella mujer esbelta que había producido celos en Carolina se fue a su hotel, pues consideraba que no debía estar allí.

Pablo no tenía paciencia, miraba para todos lados y no hablaba una palabra.

—¿La amas? —preguntó Rodolfo.

—No lo sé —replicó Pablo.

—Debes expresar lo que sientes —dijo Rodolfo—. Si te lo guardas, te enamorarás más, y como ella no lo sabe, la puedes perder —e insistió—: El hombre debe expresar lo que siente, eso le hace bien a un corazón enamorado. No hay que tener miedo de la respuesta, lo importante es expresarse y tomar el riesgo —Pablo siguió callado y volteó su mirada.

En otro lugar, en esa espesa jungla, todos buscaban como locos a Carolina. No encontraron nada. Como lo habían planeado, a las diez horas se encontraron allí, sin Carolina ni noticias de ella.

—Yo no me voy, porque si regresamos a casa sin ella, nos matan —dijo uno de los labriegos.

—Todos nos quedamos, no queda otra opción sino de esperar —dijeron los demás al unísono.

Julio, quien era el que se consideraba más inteligente, preguntó:

—¿Vieron en la alta montaña?

—¿Qué hay? —dijo Jaime.

—Mira, cuando los pájaros llegan allá, salen volando rápidamente.

—Así es —exclamó Rubén.

—¿Qué significa eso? —preguntó Jaime.

—Puede ser que haya alguien que los espanta cuando llegan —explicó Fabio.

—Eso es lo que les quiero decir —dijo Julio.

—Pero está muy lejos, y casi anochece —replicó Rubén—. No podemos entrar de noche.

—Eso es justamente lo que necesitamos —contradijo Julio—: ellos no nos esperan a esta hora, así que los tomaremos por sorpresa.

—¿Y si hay minas antipersonales? —exclamó Jaime—. ¿Y si nos están esperando para dispararnos?

—¡El miedo es amigo de los cobardes! —dijo Fabio—. ¡Carolina merece nuestro riesgo, no nuestro miedo! Ella ha sido leal a todos, nos ha ayudado.

Emprendieron el viaje a la montaña, que les tomó dos horas. Cuando estaban llegando, los sorprendieron a tiros. Afortunadamente, como estos eran más, doblegaron a los diez secuestradores. El único que salió herido fue Jaime, pero no de consideración.

Encontraron a Carolina muy débil, ya que se había negado a comer.

—¡Déjenme morir! —les había dicho—, pues no le voy a ser desleal a mi jefe. Prefiero morir —en el fondo, ella sabía que una pena de amor hacía mucho más daño: era mejor morir allá que ver cómo se casaba con otra mujer.

Pablo escuchó el relato de uno de los secuestradores, y se alegró mucho por su Carolina. Jamás pensó que una persona tendría tanto amor por él. Se sentía maravillado por la mujer que estaba en su corazón.

Pablito, de tanta felicidad, le dio un premio a cada trabajador que intervino en el rescate. Como había prometido, le dio un millón de pesos a cada uno de ellos. Adicionalmente, le dio cinco millones a cada uno de sus amigos por ese trabajo, y los felicitó al punto de que mandó a comprar whiskey para celebrar por tan gran labor.

El jefe llamó a Carolina y le dijo lo feliz que era su regreso. Ella se quedó callada y exclamó:

—¡Para qué sirve volver a la vida, si me falta el corazón!, y sin corazón no hay vida, solo una carne sin sentido, y unos huesos que se mueven a cualquier parte.

—¡Te tengo una sorpresa! —replicó Pablo, y la invitó a pasar a su alcoba. Allí estaba todo el equipo que le haría la cirugía. Ella se sorprendió y lo abrazó. Vio que la mujer que le había causado dolor era la misma que la operaría, y cayó en la cuenta de que él salía con ella a preparar todo para eliminar la cicatriz que había llevado por años en su cara.

Se arrepintió de haber estado a punto de dejarse morir porque pensaba que no podía vivir viendo que él estaba con una mujer mucho más hermosa que ella. La cirujana la llamó, le hicieron unos exámenes de rutina y al final dijeron que estaba apta para el procedimiento.

Siete horas después, la operación fue un éxito. Carolina quedó inmóvil al ver su rostro indígena súper hermoso, como la mayoría de la gente de su tierra, Era tan lindo, que era como ver un atardecer en la Isla de San Andrés o como ver un amanecer despejado con un sol tenue en Cali, o como ver una estrella que brillaba con mucha potencia en plena noche oscura. Su rostro era tan hermoso que las tortugas salían a toda prisa para deslumbrarse con esa imagen jamás vista sobre el planeta. Su piel tenía la textura similar que hace 17 años. Pero ahora, con sus veintinueve años, era mucho más linda.

Todo esto le subió el ánimo. Pablo le dijo que le tenía una cosa más, y ella le preguntó qué era. En ese momento llegaron a darle una mala noticia de la mina y no pudieron seguir hablando. Ella se quedó en casa recuperándose, gozando de tres empleadas que habían puesto a su servicio, y abriendo cajas con ropa y joyas que le había comprado Pablo con la ayuda de la cirujana.

CAPÍTULO XVIII

EL DESORDEN EN LA MINA

Días antes, Pablo había dicho que las personas que necesitasen ir a la mina debían hacerlo en orden y con autorización de Rodolfo. Este último tenía una lista para controlar la entrada a la mina, porque debían dar oportunidades a todos, incluso a personas que venían de otros pueblos cercanos o lejanos, pero que también necesitaban buscar oro para venderlo y, de esta manera, tener cómo subsistir. Todo esto funcionó muy bien unas semanas luego de la muerte de las siete personas. Pero la gente olvidó rápidamente ese acontecimiento, en el que un derrumbe había matado a siete habitantes del pueblo, todo por la ambición del oro y la necesidad a flor de piel. El resultado fue que en la mina hubiera caos.

Hubo un maremágnum, una confusión y un desorden en ese lugar, que producía oro hasta por encima de las rocas. Se podían ver las bolas de oro amarillas que mostraban la riqueza de aquella mina.

Todo el desorden produjo, de nuevo, unos muertos, contaba Jaime a Pablo. Como Carolina no estaba junto a Rodolfo, no lo ayudaba a controlar a las personas. Muchos lugareños abusaron y mintieron. Decían estar en la lista, y, al final, había más de ochocientas personas, cuando la capacidad que se les daba era solo de trescientas. Entre todos comenzaron a empujarse.

Algún minero dijo que había mucho oro que se podría ver por encima. Esto hizo que todos se fueran al mismo lugar, empujándose. En ese momento, algunos cayeron a un pozo profundo, de treinta metros, y no hubo forma de sacarlos. En total, murieron tres.

Esta noticia le quitó la cara de felicidad a Pablo, que supo que debía tomar otras medidas, y que la única que podía aliviar el asunto era Carolina. Por eso, le preguntó cómo se sentía. Ella le dijo que ya estaba mucho mejor, y que necesitaba ir a trabajar para colaborar y poner orden en el campo minero.

Las personas fueron sacadas cuatro horas después del caos.

—Definitivamente, las masas no piensan —dijo Jaime—. Ahora lloran a sus muertos, pero hace unas horas habrían deseado que les sucediera cualquier cosa, con tal de no desistir de la idea de buscar oro. ¡Qué cosas! —exclamó y se fue.

Llevaron los difuntos a sus respectivas casas, y entre lágrimas y cánticos los velaron. Al otro día hubo un entierro multitudinario, por el significado que tenía para estos pobladores asistir a un funeral.

Pablo asistió, y notaba cómo todos miraban a Carolina. Le desagradó, pero no podía decir absolutamente nada, porque ella no le pertenecía. Por supuesto que Carolina ahora era muy hermosa, y vestía como una nueva princesa, sacada de la propia naturaleza para que hermoseara todo lo que encontrase a su paso. Pablo la miró de soslayo, la vio muy guapa y sonrió.

Ella estaba muy seria viendo cómo la gente, después de que salía del entierro, se quedaba tomando cervezas cerca al cementerio. Justo al frente de este había un bar en el que la gente se quedaba luego de salir de los funerales. Entre otras cosas, porque el calor era insoportable, y la multitud producía mucho más calor.

Todos, al cabo de una hora, se fueron a sus casas. Carolina, que ya había visto la mirada pícara de su jefe, decidió motivarlo más: no quiso irse con él, sino que llamó a un trabajador muy guapo y le pidió que la acompañara, pues tenía todavía miedo por aquel secuestro. Carolina se puso a hablar con él luego de que la acompañó, y esto no le gustó a Pablo. Cuando el labriego se fue, Pablo le dijo que necesitaban hablar, y ella le respondió que no había problema.

—No me gusta que andes con cualquier persona —dijo él en tono muy enérgico—. Recuerda lo que te sucedió.

Se sentaron y él le preguntó por las cuentas. Aprovechó para comentar que, a pesar de que las víctimas no trabajan para él, iba a indemnizar a los familiares de aquellos fallecidos. Carolina estuvo de acuerdo, le dijo que habían tenido de ganancia, en el último mes, ochocientos millones de pesos, y que podrían darle tres millones a cada una de esas tres familias. Él aceptó. Cuando ya estaban terminando de hablar, ella le dijo:

—Tu rostro quedó muy lindo —a él se le quitó el enojo, y le respondió:

—Y tú quedaste como una princesa —ella se puso rojita y lo miró con coquetería, pero él no se atrevió a decirle nada comprometedor.

Ambos tomaron destinos diferentes, y Rodolfo, que estaba cerca, exclamó:

—¡Par de tortolitos y bobitos, están desaprovechando el tiempo! ¡Ojalá que cuando reaccionen no sea tarde!

Los dos escucharon y se intranquilizaron. Esto causó que Pablo no pudiera dormir, y que Carolina suspirara en llanto por no dar el paso. Ella decía que tenía que ser conquistada, que eso era común en su pueblo, y que no podía dar un paso más del que había dado. Eso pensaba. Y mientras, Pablo pensaba «es mi trabajadora y no puedo acosarla, eso es aprovecharme. Se supone que yo soy un hombre correcto». De pronto, mientras ambos pensaban, interrumpieron unas personas que decían ser familiares de las víctimas, y que tenían entendido que les darían un dinero.

Carolina sacó el dinero con ayuda de unos trabajadores bien armados, y esta gente se fue muy contenta de tener una nueva esperanza después de haber perdido a sus familiares.

Pablo y Carolina se miraron, pero no se dijeron nada. No obstante, ahora ella era más coqueta, y él la miraba mucho más.

CAPÍTULO XIX

SORPRESA EN LA CASA

Carolina seguía pensando en cómo sería el día en que estuviera con su amado, y eso le daba esperanza. «¡Qué bueno es soñar y pensar!», exclamaba. Esto le hacía producir una sonrisa muy tierna, pero cuando alguien se acercaba, se quedaba con la cara pálida e inmóvil. Un día cualquiera, dejó volar su imaginación, y se veía a sí misma vestida con un vestido blanco; y, antes de eso, recreaba paso a paso la forma en la que él la enamoraría. Empezó a escribir en su diario, a pesar de que era de poca educación. El amor la inspiró:

> Viene mi amado
> Muy enamorado
> Así me lo he soñado
> Y hoy te he acariciado
> Y mi piel se ha emocionado
> Y solo deseo verte apasionado.

Cabe resaltar que ella no sabía mucho de poesía, y mucho menos de métrica, o rimas. Pero sí estaba enamorada, lo que la hacía ser tan romántica que ella misma se espantaba de lo que escribía. ¡Cuántas cosas se imaginaba! Estando en su mejor sueño, tocaron a la puerta.

—¡Hola! ¿Usted es doña Carolina?

—Sí —respondió. Era la policía—. ¿Qué sucedió?

—Necesitamos saber dónde está Rodolfo. Resulta ser que encontramos una nota que notificaba que él no es de estas tierras, y que su supuesto cuerpo fue encontrado hace muchos años en una finca cercana a Puerto Carreño. Es un pueblo que está ubicado lejos de la costa pacífica, fuera de este departamento.

Ella se asustó, no entendía nada. Gritó fuerte, hasta que llegó Rodolfo. Este último fue investigado por la policía. Él confesó que lo iban a matar, que tuvo que huir a otras tierras y que su esposa huyó a otro lugar, pero que tiempo después murió, y él se quedó viviendo en el pueblo en el que se hallaba.

Pablo le prestó mucha atención a aquel relato, y Rodolfo continuó:

—Mi departamento era Vichada, y mi pueblo era Puerto Carreño, en frontera con Venezuela, en los Llanos Orientales. Desde allí vine a esta región, que queda al otro lado, porque ya no podía estar allá: mi vida corría peligro y buscaban a mi hijo, vivo o muerto.

—¡Esa es nuestra tierra! —se sorprendió Carolina—. ¿Por qué no lo habías contado?

—No podía, porque temía que ustedes pensaran que yo era parte de los malos —explicó él—. Decidí ocultarlo y continuar. Tuve dos hijos, ya los olvidé; mi nombre real es Hernán Rodolfo. Pero sé que mi hija se fue cuando todavía estaba pequeña, porque no le dimos el trato que se merecía. Todo era para nuestro hijo. Luego me dijeron que él había muerto, pero aún conservo la ropa de cuando estaba adolescente.

Pablito salió rápidamente de la habitación y le pidió que fuera más concreto. En ese momento, se dio cuenta que, posiblemente, su padre estaría vivo.

—Señor agente, ¿me va a arrestar?

—Sí, porque es un crimen sin resolver. Si el muerto que decían no era usted, se debe aclarar a qué familia pertenecía.

—¿Cómo supieron que era él? —preguntó Carolina.

—Nos llegó una circular de Bogotá. Además, se nota claramente que él no es de esta región, por su aspecto, raza, y manera de hablar.

Así fue como Rodolfo fue llevado e interrogado. No obstante, al no ser hallado cómplice ni culpable de ningún crimen, volvió a su casa. Pablo, por su parte, estaba preocupado y a la vez emocionado por la ilusión de que Rodolfo fuera su padre. Le pidió a Carolina que le llevara los papeles de Rodolfo. Cuando regresó, se enteró de que su nombre real era Hernán. Al instante lloró, porque sabía que él era su progenitor.

Carolina, que no entendía nada, solo lo miraba de arriba a abajo con mucho amor y ternura. Pablo le pidió que llamara a Rodolfo, pero, cuando salieron, él ya no estaba. Envió a alguien a buscarlo, y dos horas más tarde volvieron con él. Pablo le dio un abrazo y preguntó:

—¿Nosotros nos parecemos?

—Ahora sí —dijo Jaime—. Después de la cirugía, son idénticos.

Pablo, a pesar de lo fuerte que era, y de que no se dejaba doblegar por nada, lloró en medio de todos, y confesó:

—¡Yo soy tu hijo!

Vaya sorpresa para todos. Lloraron y, al instante, estando de pie, cayeron sentados en los muebles, como si los hubieran empujado a todos al mismo tiempo.

Rodolfo lo abrazó y admitió que lo sospechaba, pero que, por el paso de los años y los cambios en su rostro, no lo había reconocido. Pablo dijo que él nunca había pensado que la vida le fuera a dar una oportunidad, después de haber cometido tantos crímenes.

—Dios nos perdona a todos —respondió Rodolfo—. Él conoce nuestros corazones, y te dio oportunidad de que conocieras la felicidad, te arrepintieras de tu maldad, conocieras el amor y encontraras a tu padre en otras tierras.

Ese fue el momento más emotivo de la vida de padre e hijo.

—Explícame cómo sobreviviste —exclamó Pablo.

—Cuando te buscaron para matarte —empezó Rodolfo—, el papá de Carolina me dijo que huyéramos, que venían por nosotros. Apenas le prestamos atención, y al poco rato unos sujetos llegaron disparando, sin ningún temor de matar al inocente. En ese momento, cuatro trabajadores, doña Eufra y don Javier salieron. Ellos pensaron que éramos nosotros, tus padres, y los mataron. Nosotros nos escondimos y un amigo nos dio dinero. Tu madre dijo que ella te amaba, y que no iba a huir. Yo decidí venirme solo, porque ella insistía en quedarse. Cuando fui a buscarla, ella se metió en la selva. Estuve doce días buscándola, y no la hallé. Supuse que se había enfermado. En cualquier momento nos buscarían y nos matarían. Dos años más tarde, supe que se había ido a vivir con nuestra hija, y que más tarde había muerto pronunciando a Pablito, su hijito, como ella decía. Y eso fue todo, hijo. Te amo.

—Y yo te amo más —respondió Pablo.

CAPÍTULO XX

EL ENCUENTRO CON SU HERMANA

La felicidad embargó a Pablo. Por primera vez, sentía que su vida tenía algún sentido. Se emocionó tanto que invitó a todo el pueblo a conocer a su padre, a quien cargaba y besaba. En cada momento gritaba que su padre estaba vivo.

—Jamás se había visto que un hijo se emocionara tanto por tener a un padre—decía Jaime.

—Teniendo en cuenta que suponía muerto a su padre, y que de pronto lo encontró vivo y viviendo con él, es comprensiblemente emocionante. Cualquiera enloquecería de alegría. Y Pablo tiene mayores razones, porque él lo amaba cuando estaba pequeño.

Carolina diseñó un plan. Pidió a Fabio y a Rubén que buscaran tres hombres de confianza para que cumplieran una misión. Rubén le dijo que tenía uno de mucha confianza, y Fabio le dijo que *en ese pueblo* todos eran de mucha confianza, pero que tenía uno que se llama Ciro.

—Yo puedo recomendar a José Ángel —dijo Pedro, el hombre de confianza de Rubén—. Es muy serio, responsable y atento.

—Les vamos a encargar una misión súper secreta —les dijeron—. Nadie puede darse cuenta.

»Escuchen el plan: necesito que manden a Ciro, a Pedro y a José Ángel a Bogotá, a esta dirección, y que por favor pregunten por Guadalupe; que, cuando la encuentren, le digan que su padre y su hermano están bien y están viviendo en este pueblo, y que le den dinero. Luego, infórmenle que los puede visitar cuando quiera.

De inmediato llamaron a Ciro, a Pedro y a José, y los enviaron. Tres días después, llegaron a Bogotá, una ciudad fría pero de gente con cara sonriente y brazos recogidos por la baja temperatura. Se trataba de una especie de desierto en la madrugada. Ellos no conocían el lugar, pero tenían que cumplir. Además, tenían dinero para buscar a Guadalupe en donde fuera.

Lo primero que hicieron fue dirigirse a la emisora a pagar una cuña, pero Guadalupe estaba muy entretenida, y ni siquiera la escuchó. Al otro día, su amiga, la que la había acompañado durante el cambio de rostro de su hermano, le comunicó:

—Escuché tu nombre en la radio.

—Yo no soy famosa —respondió ella—. Con la muerte de mamá se acabó todo: mi carrera y mi trabajo, y con ellos, mi vida. Estoy sola en esta vida.

Ella insistía en que era su nombre, porque habían dicho «Guadalupe Pantoja». Esta, sin embargo, le dijo que era una ciudad muy grande, y se podrían encontrar muchos homónimos como ese.

—La radio está cerca —repuso su amiga. Guadalupe cedió, y cuando anunciaban «señorita Guadalupe Pantoja, habitante de Bogotá y oriunda del Vichada, por favor comuníquese con nosotros», se emocionó y no quiso decir palabras. Tampoco tenía dinero para transportarse.

—Te regalo el pasaje de ida y te vienes a pie —comunicó su amiga.

—¿Será? Bueno, intentemos —aceptó Guadalupe.

—Es que no tengo más dinero, pero eres mi amiga y debo sacrificar algo. Así se demuestra la buena amistad: con hechos tangibles —expresó su amiga.

Cuando llegó, mostró su cédula, para asegurar que era ella. De inmediato llamaron a José Ángel, a Pedro y a Ciro, quienes la saludaron y le dieron la mejor noticia que había recibido en los últimos diez años: «su padre está vivo y su hermano ya no es un delincuente, y la mandan a buscar». Muy compungida, ella lloró y dijo, mirando al cielo:

—¡Dios, esto no me puede estar pasando!

—Sí, mamita. Está pasando —dijo Pedro.

—Dios te ama y te va a recompensar —agregó Ciro.

Ella admitió que no tenía dinero.

—No se vaya a su casa, porque tenemos dinero para comprarle todo lo que usted quiera —le dijo José Ángel. No querían que regresara, porque temían que se arrepintiera y no viajara con ellos.

—Lo haré, iré a casa y tomaré lo que necesito. Los veré mañana.

Ellos le dieron dos millones de pesos y le permitieron ir.

Guadalupe llamó a su amiga, le contó todo y le dio la mitad del dinero para que pasara los siguientes tres meses. Su amiga lloró por su partida y le dio una bendición. Se despidieron y Guadalupe arrancó para un viaje largo, pero jamás pensado, y menos imaginado.

En el pueblo, Carolina estaba ansiosa por recibir noticias sobre la sorpresa para su amado secreto y su futuro suegro. Así lo consideraba ella.

José Ángel, que casi nuca sonreía, venía contento, porque, junto a sus dos amigos, había cumplido la misión de encontrar a la hermana del jefe que había cambiado la historia a muchas personas. Del jefe que, después de ser despiadado, se dio cuenta de que su vida debía ser diferente, del hombre que llegó con un rostro monstruoso y ahora parecía un galán de telenovela. Pero además era quien ponía a soñar a Carolina, una mujer que idolatraba a Pablo y que hacía locuras por obtener su amor y hacerlo feliz.

Pablo notaba que Carolina estaba intranquila.

—¿Qué te pasa? —le preguntó. Ella no contestó nada. Al rato, Jaime le informó que ya habían llegado, y ella pidió que la dejaran en la otra casa, porque le iban a dar una sorpresa.

Carolina, junto a Heidi, Lavy, Samirna y Joha, planearon una sorpresa en la casa de Pablo, en la que los cuatro esposos decidieron colaborar. Se lo llevaron a visitar unas tierras que habían estado a punto de trabajar, pero que no había sido posible porque entre los familiares había mucha ambición, y, siendo un pueblo tan pacífico, un hermano mató a otro por dinero.

La idea era que Pablo hablara con ellos para persuadirlos, era posible que a él sí lo escuchasen.

Pablo fue, inocentemente, desconociendo que esa no era la intención. La verdadera razón era distraerlo; pero falló, porque los familiares a quienes iban a buscar no estaban.

Jaime intentó persuadirlo por un largo tiempo. No sabían qué hacer: tenían que entretenerlo por tres horas.

Carolina y Heidi eran las de las ideas, y tomaban todo lo que podían para que la sorpresa fuera mayúscula. Lavy había ido por unas manualidades, pero se encontró con Pablo y le comentó que Carolina estaba enferma y que tenía que hacer silencio. A Pablo le pareció raro, y les dijo que fueran a tomar algo.

Cuando pasó el tiempo, casi tres horas, llamaron a Guadalupe y le taparan el rostro. Después, buscaron a Pablo y le pidieron que entrara. Él se emocionó mucho, porque pensó que era una fiesta sorpresa para él. Estaba en lo correcto.

Cuando prendieron las luces, aplaudieron. Se quedó sorprendido cuando vio a una mujer que se dirigía a él con el rostro cubierto. Le pareció raro, porque nadie más lo buscaba, y menos Carolina, que estaba cerca de él.

—Levántale la máscara —le dijeron, pero él vio nada—. Levántate el antifaz —y tampoco vio su cara real. Por último, le dijeron—: Quítale la bufanda que le cubre el rostro —él lo hizo, y su corazón se paró por diez segundos. Al instante, palpitaba mil veces por segundo. ¡Casi se moría! Se abrazaron. Para completar la sorpresa, su padre llegó, y los tres se arrodillaron por la felicidad que les daba estar juntos. Pablo, al igual que cuando encontró a su padre, fue muy feliz.

Rodolfo recordó mucho sobre la vida que llevaba con su esposa y sus dos hijos, y en ese momento se dio cuenta del error que había cometido al no ser un padre equitativo, y al olvidar que, desde los primeros días de vida, había que enseñar a los hijos el significado de la justicia, y, en medio de ella, poner también otros valores, como la honradez, la honestidad, la bondad, la generosidad y la compasión. La unión de esos elementos permite que el hombre viva en armonía y entienda cómo vivir en sociedad. Todo esto pasaba por la cabeza del padre mientras tenía puesta la mirada en sus dos hijos y la mente sostenida en su esposa, que ya no estaba. Rodolfo se tranquilizó, puesto que también sabía que había sembrado otros valores en sus hijos, sabía que ellos lo habían entendido, y que distintos motivos circunstanciales habían jugado a favor de los tres. Era consciente de que podrían decir que eran muy afortunados, porque después de tantos años, y de la vida de delincuencia de Pablo, la vida los tenía a los tres llenos de felicidad.

CAPÍTULO XXI

GUADALUPE, CAROLINA Y PABLO

Pasaron las fiestas y Pablo seguía celebrando, pero tenía un vacío en el corazón. Se decía «la vida me ha dado lo que yo nunca imaginé, y así como yo borré la vida de delincuencia de mi mente y mi accionar, quiero también pensar que tengo derecho a tener mi propia familia, y criarla bajo mis lineamientos, y recordar cómo era mi padre, para no caer en los mismos yerros de él».

Estas palabras eran un balde de agua fría, porque Pablo no se había enamorado de nadie, debido al coraje que le daba el ser despreciado por su rostro destruido. Él pensaba que la que se acercara a él, lo haría solo por el dinero, y él jamás cambiaría su dinero por amor, y tampoco compraría el amor de nadie. Pablito decía que era como comprar diplomas sin haber estudiado, o comprar aplausos sin haber llegado a la función.

Guadalupe dormía muy complacida en su nuevo rol como hermana e hija, y se daba cuenta que había valido la pena escuchar a su hermano, haberle tenido paciencia y haberlo corregido de vez en cuando. Eso estaba pensando cuando entró su hermano.

—¿En qué piensas, Guadalupe, hermana mía? —preguntó Pablo.

—Estaba en un momento sublime entre mi pensamiento y yo.

—¿Como qué pensabas, hermana mía? —insistió.

—Que cuando eras más pequeño —reconoció Guadalupe—, y nuestros padres no te corregían, yo te daba tus palmadas a escondidas, en los momentos en que hacías locuras, y mis padres nunca se dieron cuenta.

—Sí, lo recuerdo —respondió Pablo—. Y no te delaté porque te quería y sabía que ellos te castigarían. Pero, mira, estoy aquí, convertido en todo un señor, después de pasar momento oscuro donde le hice mucho daño a la vida misma.

Guadalupe se quedó viendo a su hermano, lo abrazó y le dijo:

—Dios y la vida te están dando una oportunidad. Dios es grande, y conoce nuestros corazones. Quizás actuabas así, sin pensar, y ahora has hecho mucho bien. Eso es lo que importa: recordar del pasado, para no cometer los mismos errores en el presente, pero saborear la felicidad en pleno aquí y ahora —y finalizó diciendo—: ¿Tienes novia?

—No —respondió él—, no tengo. Tú sabes lo que le hicieron a mi cara, y eso bajó mi autoestima. ¡Pensé que jamás la recuperaría!

—¿Cómo recuperaste tu rostro? —demandó su hermana—, ¿quién te ayudó?

—Carolina me sorprendió: un día cualquiera trajo los cirujanos hasta aquí.

—¿La misma que envió personas a buscarme? —preguntó Guadalupe.

—Sí, ella misma. La misma que viste y baila.

La conversación quedó allí, pero Guadalupe se fue muy pensativa.

Mientras ellos tomaban otros caminos, Rodolfo y Carolina hablaban y se reían.

—Sí, Pablo era el mimado de la familia —contaba Rodolfo—, y la mamá no permitía que le tocaran a su hijo. Por eso él fue rebelde y caprichoso por mucho tiempo. Pensaba que el mundo era suyo, y que podría hacer con la vida de las personas lo que él quisiera.

—¿Él tuvo novias? —preguntó Carolina. Y agregó—: porque era muy simpático.

Rodolfo la miró de forma extraña, y le dijo:

—Nunca le conocí novias a mi hijo.

Y allí terminó la conversación.

Al día siguiente, los cuatro estaban a la mesa.

—Carolina, ¿tú eres hija de doña Raquel? —preguntó Guadalupe.

—Claro que sí.

—¿Cómo están ella y tu padre? —continuó preguntando.

—Sé que están bien. Cuando Jaime llegó de visitarlos, me dijo que los había visto muy mal económicamente, pero que con la ayuda que les mandamos pusieron un negocio. Ahora deben estar disfrutándolo.

—¿Tienes novio? —prosiguió Guadalupe. Y a Pablo, que estaba concentrado en la conversación, se le paralizaron los ojos de esperar la respuesta de Carolina. Su corazón latía a mil y sus pies temblaban.

—No, nunca he tenido —dijo ella, y todo se tranquilizó para Pablo.

—Pero eres hermosa —dijo la hermana de Pablo—, y ya no tienes cicatrices en la cara.

—Así es. Don Pablo me pagó las correcciones de mi rostro.

—Uy, pero se entienden muy bien —dijo Guadalupe de forma risueña.

Pablo intentó decir algo, pero en ese momento entró un trabajador a decirle que debía ir a la mina. Pablito fue y Carolina se quedó hablando con Guadalupe. Guadalupe le decía que su hermano estaba interesado en ella.

—¿Usted cómo sabe? —preguntó ella.

—Él me lo dijo —respondió de forma segura. No era cierto: jamás habían hablado del tema, pero ella quería verlos juntos.

Apenas Pablo llegó de la mina, Guadalupe dijo:

—Carolina te quiere en silencio, y ha esperado por muchos años, como una Penélope, a que tú le digas lo mismo.

—¿Cómo lo sabes? —preguntó su hermano.

—Ella me lo confesó hoy, pero no le digas nada —dijo Guadalupe.

El domingo era el día en el que el pueblo estaba más alegre. Pablo salió y se encontró con una amiga que lo tomó de la mano. Él no la rechazó, y tuvo la mala suerte de que Carolina lo viera y se pusiera celosa y furiosa. Se fue a la casa, pero al instante salió y se buscó un buen amigo para hacer lo mismo. Paseó con él, pero no pasaba nada, porque a su amigo no le gustaban las mujeres. Nadie en el pueblo lo sabía, excepto Carolina.

—¿Cómo les fue? —preguntó Guadalupe en la hora de la cena, luego de que todos hubieran llegado.

—A don Pablo muy bien. Andaba con una hermosa dama, se la merece.

—Pero a ti te fue mejor: andabas con tu gran amigo —dijo Pablo sonriendo.

—Se están demostrando celos —interrumpió Guadalupe—, porque los dos se aman.

Todos en la mesa quedaron paralizados, y el apetito se acabó. Cada uno se fue a dormir.

En la mañana, cuando Pablo se estaba bañando, Carolina estaba en la cocina, sin saber el uno del otro. Carolina volteó y este, al no saber que ella estaba allí, soltó la toalla. Carolina se tapó la cara y se fue a su habitación. Pablo se pudo bañar. Luego, salió y, al regresar, pasó lo mismo, pero ahora Carolina estaba en toalla también. Pablo se tropezó con ella, y como tenía una toalla muy grande, se cayó. Pablo la levantó, la llevó cargada a su habitación y se besaron como nunca.

Guadalupe, que había creado la circunstancia, se llenó de felicidad, y los sorprendió a los dos besándose.

—¿Se dieron cuenta? —les dijo. Pero con estas palabras se acabó la pasión.

Carolina comenzó a amar a su jefe y a estar al pendiente de todo lo relacionado con él. Jaime se percató de ello, y se lo dijo a Rubén, a Julio y a Fabio.

—Es muy evidente —dijo este último—. Ella lo amaba desde que salimos del pueblo, desde el oriente, y se consolidó en el occidente. Ese fue un amor en secreto, a primera vista.

—¿Tú crees que ese tipo de amor existe? —preguntó su esposa.

—Lo mismo pasó cuando te vi por primera vez —confesó Fabio. Ella se sonrojó y enmudeció.

Guadalupe y Rodolfo planearon una sorpresa, pero la sorpresa se la llevaron ellos cuando Carolina tomó a Pablo de la mano y, en medio de todos los asistentes, les dijo que estaba embarazada y que se casarían en seis meses, cuando naciera el bebé.

Todos gritaron de júbilo, y Pablo se emocionó mucho más. Él no tenía idea, solo Guadalupe sabía.

Pasaron seis meses y tuvieron mellizos. Quince días después, se casaron y donaron las máquinas a los cuatro amigos y a sus esposas.

Rodolfo dijo que se quedaría allí, porque tenía una novia.

—¿Tú, con setenta y siete años? —preguntó su hijo.

—Sí, ella es mi novia, una señora de sesenta años que me aprecia mucho.

—El problema no son los años —dijo Pablo—. Si tienes salud, esperanzas y sueños, tienes toda la vida delante de ti.

Carolina se maravilló y dijo que conocía a la novia de su suegro, que era una gran persona, así que Pablo y Guadalupe no tuvieron reparo en aceptarla.

Después de que Guadalupe estuviera allí por casi un año, Pablo le dio mucho dinero para que continuara sus estudios. Rodolfo se casó y dijo que no abandonaría su pueblo. Los amigos de Pablo y Carolina decidieron buscar tierras para explotar, pero siempre conservaron el medio ambiente: nada de mercurio y de ríos contaminados.

Pablo emprendió un viaje para Europa con su esposa y sus hijos, exactamente para Moscú, Rusia; una ciudad con una cultura, clima y un lenguaje que les costó mucho adaptarse y aprender. Se quedaron allá para siempre, y Pablo entendió que la vida no era tan mala como parecía. Él decidió quedarse allá porque, según él, no soportaba tanto bien que la vida le había dado, cuando él había sido tan malo. Fue un castigo, porque él amaba su a patria, y a ese pueblo en especial, pero decía que no merecía tanto. Se fue a un país donde el clima era inclemente, era su castigo por haber hecho tanto mal. Él no soportaba el frío, lo había hecho para sentir que, de esa manera, pagaría todo el mal causado.

Carolina lo amaba como jamás en la vida se podía amar a un hombre.

Diez años después, su hijo mayor le dijo:

—Padre, tuve un sueño.

—¿Qué soñaste? —preguntó Pablo.

—Soñé con un señor al que criaron muy mal cuando era muy pequeño, y por esa infortunada educación cometió muchos errores en su vida. No obstante, la vida lo premió y le dio a muchas personas que lograron cambiar su vida. El señor se sentía tan mal que decidió abandonar su tierra e irse a vivir a tierras lejanas, porque no aguantaba más su conciencia. Sin embargo, en el sueño se escuchó una voz de un anciano que le decía «no te aflijas, ya has pagado todas tus culpas. Vive y practica todo lo que aprendiste en tu proceso de cambio, nunca debes ahorrarte en ser feliz, y menos en castigarte»

El niño volvió la mirada a su padre.

—¿Eso qué significa? —le preguntó.

El padre, con lágrimas en los ojos, le dijo:

—Gracias por tu sueño, el mensaje era para alguien muy especial para ti, pero no te lo diré —y, desde ese entonces, Pablo fue el único ser en ese país que era totalmente feliz.

Fin.